Una isla para la seducción
Lucy Monroe

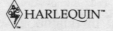

HARLEQUIN

Editado por HARLEQUIN IBÉRICA, S.A.
Núñez de Balboa, 56
28001 Madrid

I.S.B.N.: 978-84-671-8616-1
Depósito legal: B-26457-2010
Editor responsable: Luis Pugni
Preimpresión y fotomecánica: M.T. Color & Diseño, S.L.
C/ Colquide, 6 portal 2 - 3º H. 28230 Las Rozas (Madrid)
Impresión y encuadernación: LITOGRAFÍA ROSÉS, S.A.
C/ Energía, 11. 08850 Gavá (Barcelona)
Fecha impresion para Argentina: 14.2.11
Distribuidor exclusivo para España: LOGISTA
Distribuidor para México: CODIPLYRSA
Distribuidores para Argentina: interior, BERTRAN, S.A.C. Vélez
Sársfield, 1950. Cap. Fed./ Buenos Aires y Gran Buenos Aires,
VACCARO SÁNCHEZ y Cía, S.A.
Distribuidor para Chile: DISTRIBUIDORA ALFA, S.A.

Prólogo

ZEPHYR Nikos contempló el puerto de Seattle recordando su llegada allí con Neo Stamos una década antes. Las cosas eran muy distintas entonces. Todo lo que poseía cabía en la destrozada bolsa de lona que llevaba. Aún conservaba aquella bolsa en el fondo de su armario, tras los trajes de diseño y la ropa de marca. Era un pequeño recordatorio del lugar de donde provenía, y al que nunca volvería.

Estaban seguros de que aquél era el lugar donde empezar su nueva vida, el que los mantendría alejados de las calles de Atenas. Y tenían razón.

Dos muchachos griegos de los barrios bajos habían levantado un imperio valorado en miles de millones de dólares. Cenaban en los mejores restaurantes, viajaban en aviones privados y se relacionaban con las personas más ricas y poderosas del mundo. Había cumplido sus sueños y más. Y Neo se había enamorado y casado.

Aunque todo el mundo le consideraba de trato más agradable que Neo, a él no le había sorprendido que Neo encontrase la bendición de la vida doméstica primero. De hecho no estaba seguro de que él fuera a encontrarla alguna vez, más bien lo contrario. Podía suceder que algún día se casara, pero sería otra transacción comercial más. Lo mismo que como había sido concebido él.

Había aprendido pronto que una sonrisa era una

máscara más efectiva que una cara inexpresiva, pero sólo era eso... una máscara.

Su corazón se había vuelto de piedra mucho tiempo antes, aunque guardaba ese secreto tan bien como todos los demás. Secretos que jamás verían la luz.

Ni siquiera Neo conocía la verdad sobre su doloroso pasado. Su amigo y socio creía que había tenido una infancia similar a la suya antes de que se hubieran conocido en el orfanato. Neo no podía imaginar nada peor que su propia infancia y Zephyr quería que siguiera pensando así. El dolor y la vergüenza de su pasado no tenían sitio en la nueva vida que él mismo se había hecho.

Neo había odiado el orfanato. Sin embargo, una vez que Zephyr había aceptado que su madre no iba a ir a buscarlo, el orfanato había sido el primer paso para olvidar una vida con la que quería poner distancia. A su padre no le había importado vender los «favores» de su madre junto a los de las demás mujeres que «trabajaban» para él en un negocio que suplementaba los ingresos que proporcionaba el olivar familiar. Y el hijo ilegítimo resultado de «compartir la mercancía» no tenía ningún interés para él.

Cuando su madre lo había dejado en el orfanato para poder llevar una vida lejos del burdel de su padre, él al principio, ingenuo, había pensado que iría a buscarlo. La había echado de menos y llorado y rezado para que volviera. Unas semanas después, así había sido. De visita. Por mucho que él había llorado para que lo llevara con ella, se había vuelto a marchar sin él.

Le había costado unas cuantas visitas, pero al final se había dado cuenta de que él ya no era parte de la vida de su madre. Y ella había dejado de ser parte de la suya. Lo que para un niño pequeño, apenas con la edad de ir al colegio, había sido como una liberación frente a ser el hijo de una fulana. Un huérfano, al fin y al cabo, no tenía pasado.

Había aprendido a ocultar el suyo. A todo el mundo.

Se habría quedado en el orfanato hasta que terminara el colegio, pero el monstruo cuya sangre corría por sus venas había decidido que un hijo ilegítimo era mejor que ningún hijo. Y había tenido que escapar. Su mejor amigo se había ido con él y habían vivido en las calles de Atenas hasta que habían tenido edad para subirse en un barco mercante. Hecho que Neo consideraba su primer paso hacia una nueva vida, la vida que disfrutaban en ese momento. Pero Zephyr sabía que su largo viaje había empezado mucho antes.

La sencilla verdad era, por duro que pareciera Neo, que por dentro, Zephyr era de frío mármol en comparación.

Capítulo 1

¿DÓNDE vamos a soltar las bombas?

Piper Madison alzó la cabeza al escuchar la pregunta en una aguda voz infantil. La criatura de pelo negro, que no tendría más de cinco años, miraba al auxiliar de vuelo con gran interés.

—No tiene aún muy claro que no todos los aviones son de guerra —dijo su madre con un punto de vergüenza—. Su abuelo lo llevó a un museo de aviación y se quedó enamorado del B-52.

Se volvió hacia su hijo y se lo explicó de un modo que dejaba claro que no era la primera vez que iba en avión a visitar a sus abuelos. El chico no pareció muy convencido hasta que el auxiliar confirmó lo que le había dicho su madre. Pareció decepcionado y Piper tuvo que reprimir la risa.

No hacía mucho tiempo que su más profundas esperanzas incluían estar en la exasperante posición de esa madre. Esos sueños habían muerto al tiempo que su matrimonio y lo había aceptado, pero aún sentía una punzada en el corazón en momentos así.

Soñar con hijos no tenía sentido en su actual situación. Se recostó en el asiento y se concentró en el zumbido del avión para tranquilizarse. No funcionó. A pesar de sus grandes esfuerzos, su corazón latía cada vez más deprisa anticipando el aterrizaje en Atenas. No podía dejar de mirar por la ventanilla.

Durante horas habían atravesado un manto de nubes con algún claro ocasional que les había permitido ver los Alpes. Había pasado ya tiempo y sabía que debían de estar casi llegando a Atenas. Quedaba menos de una hora para verlo. A Zephyr Nikos. Su jefe y compañero de cama.

Estaba más que ligeramente entusiasmada por verlo en su lugar de nacimiento. Además, ¿quién podía no querer visitar el paraíso?

Porque ahí era donde se dirigían después, una isla griega que en tiempos había sido el lugar de vacaciones de una familia fabulosamente rica. El patriarca de la familia la había vendido a la corporación Stamos & Nikos. Zephyr y Neo pensaban convertirla en un centro de spa con todos los lujos. Y le habían dado a ella el contrato completo del diseño de interiores.

Estaba más que emocionada por que se hubiera contado con ella desde el principio en un proyecto de ese tamaño. Sería un empujón para su negocio, al mismo tiempo que una satisfacción personal en el plano creativo. Aun así, su anticipación era fundamentalmente por el hombre que la esperaba allí. Había pasado las últimas seis semanas echándolo de menos con una intensidad que le había dado miedo. No debería depender emocionalmente tanto de un hombre que era sólo una especie de amante. Tenían una relación sexual, pero no romántica. Sólo eran compañeros de cama. Debería haber sido sencillo. Así ella habría sabido cómo manejar la relación. Pero también eran amigos. Buenos amigos. La clase de amigos que se veían una vez a la semana antes de dar rienda suelta a su pasión. Esos contactos se incrementaban cuando estaban en la misma ciudad. Y para complicar más las cosas, encima era su jefe.

Bueno, una especie de jefe. Su empresa había contratado a su firma de diseño para varios proyectos en los últimos dos años, pero ese proyecto era de lejos el más grande. Él sería ya su jefe si ella hubiera aceptado. Le había ofrecido un contrato con unas ventajas que habían sido difíciles de rechazar, pero ella no quería trabajar para nadie. Otra vez no. No después de haber perdido a su marido y su empleo de un golpe sólo seis meses antes de conseguir el primer contrato con la empresa de Zephyr. Entonces se había hecho la promesa de no volver a ser tan vulnerable.

Había pensado que casarse con Arthur Bellingham le daría la estabilidad que anhelaba y esa familia con la que soñaba. Había sucedido exactamente lo contrario. Art había triturado sus sentimientos antes de hacer pedazos su vida. No volvería a pasar por algo así jamás.

Ni siquiera por Zephyr. Y no porque el magnate griego le hubiera pedido el matrimonio, ni siquiera un compromiso. Simplemente un trabajo asalariado. Eso era todo.

Si quería algo más, desde luego no lo iba a decir. Además hasta las últimas semanas de separación ni siquiera se lo había reconocido a sí misma. Decírselo a él no era una carta que pensase jugar. No cuando eso seguramente supondría el fin de su amistad con sexo. Y seguramente también de su amistad.

Zephyr esperaba a Piper cerca de la cinta de equipajes. No la había visto en seis semanas. Había estado trabajando en el Medio Oeste y sabía que, si no le hubiera ofrecido el trabajo de Grecia no la habría visto en otros dos meses o más.

No era que no fuera la mejor diseñadora de interiores para ese trabajo, pero ese proyecto era lo más grande que había hecho hasta entonces. Sabía que podía hacerlo. Y tampoco tenía que dar explicaciones a nadie por su decisión. Era una de las ventajas de ser el jefe. La única persona que podría tener algo que decir, y sólo porque trabajaban juntos en ese proyecto por primera vez en años, era su mejor amigo y socio, Neo.

Pero ese hombre estaba metido hasta el cuello en los preparativos de su boda, estaba tan preocupado por todos los detalles, que Zephyr estaba sorprendido por que no le hubiera pedido que le diseñaran un edificio expresamente para su boda.

Un grupo de pasajeros se acercó a la cinta y eso trajo de vuelta al presente a Zephyr. Buscó la preciosa cabeza rubia de Piper entre la multitud. Allí estaba, mirando a un niño pequeño que hablaba animadamente con su madre. El traje azul que se llevaba realzaba sus curvas de un modo delicioso, mientras al mismo tiempo resultaba elegante. Aun así dudó que fuera de una marca de diseño.

El negocio de Piper aún se movía a un nivel que le permitía escasos lujos en ropa y un apartamento poco más grande que un armario. Le había ofrecido un empleo que le hubiera permitido tener un nivel de vida más alto, pero ella lo había rechazado. Dos veces. Esa mujer era testaruda. E independiente.

Se preguntó si también rechazaría una excursión de compras por Atenas.

Ella alzó la vista y sus miradas se encontraron. En sus labios se dibujó una bonita sonrisa. Esa mirada lo golpeó como un puñetazo en el pecho.

Sintió que la sonrisa que esbozaba era mucho más sincera que la mayoría de las que normalmente fingía. No era que quisiera ocultar que se alegraba de verla. Se habían caído bien cuando la había contratado para reformar las oficinas principales de Stamos & Nikos un par de años atrás. Su amistad había ido creciendo desde entonces. Añadirle un sexo fenomenal a su relación sólo la había mejorado, al menos desde su punto de vista.

De hecho, Piper había sido la razón por la que había animado a Neo a desarrollar intereses fuera de empresa, y a profundizar en su amistad con Cassandra Baker, la famosa y solitaria pianista. La cosa había funcionado mejor para Neo de lo que podía haber imaginado. Y estaba feliz por él, muy feliz. Sin embargo le resultaba increíble, si era sincero. Neo enamorado. Sacudió la cabeza. Sexo y amistad eran una cosa, el amor era mucho más.

Piper alzó las cejas y lo miró con gesto interrogativo.

—Nada —movió él los labios.

Cuando llegó a su altura, la abrazó. Sus suaves curvas eran tan agradables, que la excitación que había experimentado desde que se había despertado esa mañana y había pensado que la vería ese día, subió unos cuantos grados.

—Parece que me has echado de menos —dijo ella con una risita sensual y el humor en los ojos.

Aunque irritado por parecer un adolescente sin experiencia, soltó una carcajada y dijo:

—Sí.

—¿Cuándo tienes la primera reunión con el arquitecto?

—Pasado mañana.

—Pero si me has dicho que yo tenía que llegar hoy.

—Necesitas descansar.

—Levantar un negocio siempre es agotador.

Se encogió de hombros porque no podía disentir. Los primeros diez años en los que Neo y él habían amasado su fortuna, había trabajado fines de semana y jornadas interminables y no habían tenido una tarde libre. Después, las cosas habían mejorado un poco, aunque siempre había mucho que hacer

Después de conocer a Piper había empezado a salir

de la oficina a las seis en lugar de a las ocho, pero seguía sin tomarse mucho tiempo libre. Ella le había parecido agotada la última vez que habían hablado por teléfono, y había decidido que se tomara un descanso, de un modo u otro.

—Así es, pero creo que te vendrán bien dos días en Atenas.

—¿Quieres decir que podemos hacer turismo antes de sumergirnos en el trabajo?

—Exacto. Había pensado que considerases los dos próximos días como un tiempo de recopilación de información. Queremos que las instalaciones reflejen el ambiente de la isla, pero también la cultura griega.

—¿Ambiente? Pensaba que era una isla privada. Vacía.

—La familia alquilaba la tierra para pequeñas casitas de pescadores y para algunas granjas, así tenían productos de la huerta y olivares.

—Oh, eso es perfecto para lo que queréis hacer.

—Eso he pensado yo —le gustaba lo en sintonía que estaban.

—Me alegro de tener algo de tiempo para conocer la zona. Me gusta que mis diseños reflejen lo positivo de las características locales.

—Lo sé y estoy seguro de que ya has investigado mucho sobre cultura griega.

Ya lo había hecho cuando se habían conocido para, como le había explicado ella, poder entender mejor a Neo y a él. No sabía si eso la había ayudado mucho, Neo y él habían salido de Grecia muchos años antes. Pero no podía negar que Piper lo había captado de un modo como no había hecho nadie. Y la reforma de sus oficinas había sido perfecta.

—Nada puede reemplazar la experiencia personal sobre el terreno.

–Cierto –se apoyó en él y sonrió–, pero no sabía que tendría el lujo de hacerlo –lo miró y él se encogió de hombros–. No te creas que soy tan ingenua de pensar que tú no tienes tu propia agenda. Una que incluye montones de tiempo entre las sábanas. Eres un manipulador, ¿lo sabías?

–¿Es eso algo malo?

–¿En este caso? No, definitivamente no.

Eso era algo que apreciaba mucho de ella. Piper Madison era una joya entre las mujeres, un diamante que no requería el pulido de una relación para brillar. A diferencia de la silenciosa Cass de Neo, Piper no se hacía ilusiones de romances o de amor. Disfrutaba de su cuerpo como él del de ella. Nada de laberintos sentimentales. Porque, a diferencia de Neo, él no tenía amor que dar.

–Vamos a recoger tu maleta y después al hotel. Es un spa.

–¿Espiando a la competencia?

–Por supuesto –cedió al deseo y la besó.

–Sólo que en la ciudad –le brillaban los ojos por el beso–, por lo que no puede esperar ofrecer lo que ofrecerá la isla de Stamos y Nikos.

–No tendría sentido hacer algo nuevo si no podemos ofrecer algo que nadie ofrece.

La azul mirada de ella se detuvo en sus labios unos segundos, después parpadeó y pareció comprender lo que había dicho.

–Superando siempre lo esperado.

–¿Y tú no?

–Eh, hay más de una razón por la que somos buenos amigos.

–Más que esto, dirás –se frotó contra ella.

–Eres peligroso –dio un paso atrás y miró en dirección de lo que su chaqueta ocultaba a otras miradas–. Creo que es urgente que lleguemos al hotel.

–¿Estás cansada? ¿Tienes que meterte en la cama?

–Trae mi maleta, Zephyr –dijo con una mirada que decía que ella deseaba lo mismo.

–Encantado, *agapimenos*.

–No empieces con el griego a menos que quieras que arda aquí mismo –advirtió ella.

–Me gusta vivir al límite.

Miró a la cinta del equipaje y él se volvió y empezó a buscar la maleta con estampado de cebra que le había regalado para que no se pareciera a las demás. Sólo había llevado la maleta mediana y la de mano, así que en unos minutos estaban fuera del aeropuerto en un coche alquilado.

–Me gusta... definitivamente supera al Mercedes –dijo ella, acariciando el cuero.

–No hables mal de mi coche. Tiene asientos con calefacción y son muy útiles en los inviernos de Seattle. Además un descapotable no sería muy lógico en aquel clima –pero se alegró de que le gustara el coche, quería mimarla, ya que ella no se mimaba nunca.

–Bueno –acarició el techo–. ¿Vas a hacerlo descapotable?

–Claro –pulsó un botón y el techo desapareció.

Arrancó y salieron del aparcamiento. Cruzaron Atenas en dirección al hotel conduciendo con soltura al modo de allí. Piper echó la cabeza hacia atrás y rió a carcajadas.

–Oh, me gusta esto. ¿De verdad tenemos dos días para nosotros

–Así es.

–Gracias, Zephyr –le acarició una pierna.

El placer por la caricia y la gratitud que notó en su voz lo inundó. Con una mujer independiente como ella había sido un riesgo programar unas vacaciones sin consultarlo con ella. Aunque lo llamase investigación.

–¿Para qué están los amigos?

–¿Es eso lo que somos, sólo amigos? –preguntó sin parecer especialmente preocupada.

Así que no le entró el pánico.

–En mi mundo no hay nada por encima de la auténtica amistad.

–Lo comprendo. Todos mis así llamados amigos, me abandonaron cuando dejé a Art. Me di cuenta entonces de que sólo los movía el interés.

–¿Aunque él te engañara? –preguntó disgustado.

–Art no era el único que creía en ese viejo dicho que siempre tenía en la boca.

–¿Cuál?

–Que todos los hombres son infieles. Pero yo no iba a seguir casada con un hombre que pensaba que la infidelidad era tan inevitable como las mareas.

–Sabes que yo pienso que tomaste la decisión adecuada divorciándote de ese canalla.

–Yo también, pero por desgracia, ese canalla dirige una de las más exitosas firmas de diseño de Nueva York.

–De ahí que te mudaras a Seattle.

–Exacto. No había sitio para los dos en la Gran Manzana –sonrió triste.

El mal nacido con el que había estado casada había hecho todo lo posible por sacarla del mundo del diseño. Zephyr le había devuelto el favor y Très Bon ya no tenía la posición de prestigio que ocupaba antes. La palabra de Arthur Bellingham podía mover las aguas de la ciudad, pero Zephyr Nikos mandaba olas lo bastante grandes para llegar a la comunidad internacional.

El desgraciado que había hecho todo lo posible por hundir a Piper, estaba en la cuesta abajo de la loma de los negocios. Art sólo se daría cuenta de que estaba en un cenagal cuando llegara al fondo. Zephyr no se lo había dicho nunca, por supuesto. Ella no había estado expuesta a su vena despiadada y no había razón para que eso cambiara.

–Bueno, me alegro de que vinieras a Seattle –dijo él.

–Yo también –se quitó la chaqueta dejando a la vista una camiseta de seda que permitía ver que no llevaba sujetador–. Tengo un círculo de amigos mucho mejor.

–¿Alguno más que yo? –dijo casi conmocionado al ver los pezones dibujarse en la fina tela.

Se obligó a concentrarse en el endiablado tráfico de Atenas para no tener que fantasear con su cuerpo en una cama de hospital. Tampoco podía soportar pensar en ponerla a ella en peligro.

–No seas listo –le dio una palmada en la pierna–. Tengo más amigos.

–Dime uno.

–Brandi.

–Es tu asistente.

–Tengo amigos –insistió–. Hay una razón por la que no estoy disponible todas las noches.

Algo que en el fondo no le gustaba, pero dejó pasar el tema.

Normalmente Piper se daba cuenta hasta del más mínimo detalle de sus alrededores, siempre a la búsqueda de algo que incluir en sus diseños. Sin embargo, apenas notó los tonos tierra ultramodernos y sencillos del lujoso spa que había elegido Zephyr. Estaba demasiado ocupada en las facciones de él, tenía hambre de verlo, saborearlo, sentirlo.

El último mes y medio había sido más duro que ninguna otra separación. Al menos para ella. Quizá también para él, si el número de llamadas tenía algo que ver. Habían pasado periodos separados, pero no tan largos desde que habían empezado a mantener relaciones sexuales con regularidad seis meses atrás. Aun así no era como si fueran una pareja. Eran amigos, que también eran pareja sexual informal. Al menos eso era lo que se había repetido desde que había sobrepasado ese límite hacía nueve meses.

Esa primera vez había pensado que sería la única, algo para aliviar la tensión sexual que había ido creciendo entre ellos. Se había equivocado.

No habían vuelto a pasar a lo físico hasta tres meses después, pero desde ese momento tenían encuentros sexuales varias veces a la semana. Cuando él había vuelto a decirle que veía el sexo simplemente como una actividad física para liberar estrés, ella se había dicho a sí misma que no estaba lista para una relación de compromiso y que las cosas estaban muy bien así. Art había minado realmente su capacidad para confiar y tenía un negocio que poner en marcha. No tenía tiempo para una relación a tiempo completo.

El único problema era que ya no sabía si se creía su propia retórica. Su optimismo natural hacía todo lo posible para superar su doloroso aprendizaje sobre cómo eran los hombres, pero que tuviera ese diálogo interior decía mucho de cómo estaban las cosas, pensó.

Había tenido mucho cuidado de no pedir a Zephyr promesas que podría quebrantar, o hacer compromisos para los que no estaba preparada.

Pero en las últimas seis semanas se había dado cuenta de que los sentimientos no se acallaban con acuerdos, verbales o de otra clase. Rechazar el compromiso no hacía que su corazón dejara de anhelar la seguridad que eso significaba. Tampoco evitaba que viviera como si lo hubiera hecho.

Había echado de menos a Zephyr más de lo que pensaba que fuera posible y en ese momento lo que más deseaba era abrazarlo y empaparse de su esencia.

Él parecía desear lo mismo. No había dejado de tocarla desde el aeropuerto. Había apoyado la mano en su pierna mientras no cambiaba de marcha y la había llevado de la cintura todo el camino hasta la habitación.

—Ya estamos —abrió la puerta con una reverencia.

La suite reflejaba la decoración minimalista del vestíbulo, pero su espacio hablaba de lujo.

—Esto es más grande que mi apartamento.

—Mi armario es más grande que tu piso —dijo poco impresionado.

Sonrió por la verdad de esas palabras.

Por lo excitado que había notado que estaba cuando la había abrazado en el aeropuerto, había esperado que la poseyera contra la puerta con un mínimo de preliminares. Pero eso no sucedió.

Dejó sus maletas a un lado y después la tomó en sus brazos de un modo que la hizo sentirse más querida que sólo deseada. Desechó rápidamente esa idea.

—¿Qué vas a hacer?

—Malcriarte un poco más.

—¿Sí? Podría acostumbrarme a esto —bromeó ella.

No se preocupó de responder, pero no pareció molesto con la perspectiva. Algo nada bueno para los extraños sentimientos por los que ella había pasado antes. Pero una cosa que podía decir de Zephyr era que, ni como jefe ni como compañero de cama, escatimaba en nada.

A pesar de su evidente deseo, en lugar de mostrarse impaciente, la dejó suavemente en la gran cama y pareció decidido a reencontrarse con cada faceta de su cuerpo. La volvió loca con su reticencia mientras le preguntaba por todo lo que había pasado desde que no se veían.

Después de que le preguntara otra ver por su experiencia en el Medio Oeste, se echó a reír.

—Zephyr, hemos hablado casi a diario. No sé qué no he podido contarte.

–Era sólo curiosidad –casi se ruborizó ligeramente.

–Sabes lo que hago en el trabajo. Lo he hecho para tu empresa con frecuencia.

–¿Te gusta el Medio Oeste más que Seattle? –preguntó curioso.

–¿Estás de broma?

Su expresión le dijo claramente que no lo estaba.

–Me encanta Seattle. La energía de esa ciudad es asombrosa –y él estaba allí.

–Está bien saberlo.

De pronto todas sus preguntas tuvieron sentido.

–Ya lo sabías.

Capítulo 2

ZEPHYR trató de parecer inocente.

–¿Cómo? ¿Quién te lo ha dicho?

–¿Importa? La información es más lucrativa que el platino.

–¿De verdad pensabas que Pearson Property Developments podía ofrecerme una situación mejor que la que ya me ofrece tu empresa?

–El dinero no es tu única consideración, ni siquiera es la principal, o ya habrías aceptado mi oferta de empleo.

Era cierto. Habría ganado mucho más dinero trabajando para él como empleada.

–Así que ¿pensabas que podía gustarme el Medio Oeste y aceptar la oferta de empleo de Pearson? –no podía creerlo y se le notaba en la voz.

–No sólo te han ofrecido un empleo.

–No, también un contrato para varios proyectos que tienen en el oleoducto para los próximos dos años –seguiría por su cuenta, pero con la seguridad que siempre había soñado.

Si vivir tierra adentro y sin un restaurante oriental decente era lo que realmente quería. No lo era. Le gustaba demasiado la activa y cosmopolita ciudad de Seattle.

–Me he acostumbrado demasiado a la vida de la gran ciudad. El único restaurante tailandés que he visto lo llevaba un hombre llamado Arnie que piensa que un buen curry va con una mazorca.

—Así que no vas a aceptar el contrato.

—Si lo hubiera hecho, habría sido imposible hacer este trabajo. No iba a rechazar la oportunidad de decorar un complejo en el paraíso por redecorar unas oficinas.

Una de las cosas en las que había disentido de Art era en su necesidad de crear, no de recrear. Para Art la última razón siempre era el dinero. Mientras que ella al mismo tiempo que anhelaba la seguridad necesitaba tener la oportunidad de ejercitar su vena artística.

—Me alegro.

—Bien —sonrió.

—También estoy contento de que estés aquí ahora —para alguien como Zephyr eso era mucho reconocer.

Eso merecía una recompensa, y la misma sinceridad.

—Ídem.

Él hizo un sonido cargado de sensualidad, casi un rugido, antes de darle un beso abrasador.

Lo había echado de menos, mucho. Ser acariciada, abrazada. Se había acostumbrado a verlo con frecuencia, así que se entregó al beso sin la menor resistencia. Adoraba cómo hacía él el amor, podría entregarse a aquello durante horas. Y por el modo en que sus labios se movían, parecía que él también.

Sintió que la levantaba y después que estaba a horcajadas sobre sus muslos con la falda en las caderas. El colchón era lo bastante firme como para sostenerlo sentado.

Después todo lo relacionado con el trabajo desapareció de su cabeza y se concentró en lo único que importaba, la sensación de ser abrazada y besada por el hombre más asombroso del mundo.

Sus bocas encajaban a la perfección. Y sabía como pensaba que sabría el cielo. Profundizó el beso, pero sin sensación de urgencia, diciéndole en silencio que tenían todo el tiempo del mundo. Era el único hombre que había conocido que trataba los besos como un fin en sí mismos.

El beso se interrumpió un momento y le acarició con los labios la mejilla y la sien. Ella sonrió satisfecha porque parecía que no sólo había echado de menos el sexo con ella, sino también la conexión que había entre ambos.

—Me sorprende que no me hayas arrancado la ropa después de seis semanas —susurró ella.

Entonces un pensamiento helador le pasó por la cabeza: igual no llevaba seis semanas sin sexo. Quizá por eso estaba tan relajado. Nunca se habían comprometido a la monogamia. Aunque parecía echarla de menos tanto como ella a él.

—Me he mantenido ocupado con el trabajo. Con Neo trabajando menos para estar con Cass, ha habido mucho que hacer —la besó entre palabra y palabra—. Aunque hubiera estado en Seattle, apenas te habría visto en estas seis semanas.

Lo que implicaba que tampoco había estado con otra. Debería haberlo sabido, porque si algo caracterizaba a Zephyr era su brutal sinceridad. Se lo había advertido cuando habían firmado su acuerdo de trabajo y le había dicho que esperaba de ella que supiera manejar la franqueza. Se refería a los negocios, pero tenía la sensación de que era igual en lo personal.

Después, cuando se habían hecho amigos, había tenido pruebas de ello. Así que ¿por qué seguía buscando pruebas de lo contrario ahora que tenían una relación más íntima?

Zephyr echó la cabeza hacia atrás y la miró con expresión sarcástica.

–Neo es una fuerza de la naturaleza. Hemos tenido que reestructurar la oficina central por completo, ascendido a varias personas a posiciones de mayor autoridad y contratar a otros y entrenarlos para que ocupen las vacantes.

–Y a ti te ha tocado la mayor parte.

Los signos del cansancio estaban a la vista y le sorprendió que le hubiera llevado tanto tiempo darse cuenta. La delicia de estar en su compañía era la única excusa.

–Vale la pena por verlo tan feliz –había algo en su tono entre la envidia y la tristeza.

–No me puedo imaginar a Neo enamorado –fue lo único que pudo decir ella.

–Sólo lo has visto unas pocas veces.

–Y siempre ha sido igual. Intenso, concentrado, casi adusto –no había ningún casi, pero no quería ofenderlo llamando a su mejor amigo robot emocional.

–Cass le hace reír.

–Realmente tiene que estar enamorado –no se podía imaginar a Neo riendo.

–Sí.

Lo dijo en un tono que no supo interpretar, pero le preocupó. Se deslizó por su regazo hasta hacer que las bragas de seda que llevaba se colocaran sobre el duro bulto que había bajo su cremallera.

Fuera lo que fuera lo que él tenía en la cabeza, no aplacaba en absoluto su deseo por ella.

Necesitaba relajarse y olvidarse de Stamos & Nikos por un momento. Sabía cómo ayudarle en eso. Se inclinó hacia delante y, rozándole los labios, dijo:

–Se acabó la charla, Zephyr.

–¿Tienes algo mejor que hacer con mis labios?

–Absolutamente –silabeó sobre sus labios haciendo de cada sílaba una caricia.

Zephyr tomó el control del beso durante unos torturadores minutos que ella sabía que no se alargarían mucho. Se meció sobre él haciendo gemir a los dos.

Una de las cosas que más le gustaba de hacer el amor con ese hombre era lo totalmente que se entregaba a ello. Y lo mucho que disfrutaba cuando ella hacía lo mismo. Nunca le había hecho sentirse extraña por disfrutar del sexo. Art con frecuencia había hecho comentarios sobre su conducta en la cama, poniendo riendas a su entrega. Y después había tenido el valor de decir que todos los hombres eran infieles porque no podían conseguir lo que necesitaban de una sola mujer. Especialmente de sus esposas. Art no había estado preparado para recibir lo que ella podía darle. Zephyr, por el contrario, jamás la hacía sentirse sucia por entregarse a lo físico. Su pasión ni le intimidaba ni le disgustaba, a ningún nivel.

Porque la pasión de él era igual de abrasadora. No fingía. No era un hombre preocupado por las apariencias, como su ex marido. A Zephyr no le preocupaba arrugar o manchar la ropa cuando se entregaba a la pasión. Como en ese momento. Era evidente por el modo en que acariciaba y respondía que no pensaba en nada más que en el placer mutuo, el modo en que sus cuerpos se movían con una necesidad primaria. No estaba en su naturaleza de depredador permanecer pasivo mucho tiempo. Y esperaba llena de adrenalina que hiciera su siguiente movimiento.

No la decepcionó. Se dio la vuelta y la tumbó en la cama bocarriba. Se colocó sobre ella. Un escalofrío de atávico placer recorrió su espalda y terminó en el centro de su feminidad.

Jamás se lo diría, pero adoraba que su sofisticado amante se volviera un troglodita. Su gran cuerpo se frotaba contra el de ella, sus manos estaban en todas partes, pero también lo estaban las de ella. La tocó por encima de la ropa, después le levantó la blusa con un rugido contenido en el pecho. Sus masculinos dedos recorrieron su vientre antes de desplazarse hasta sus pechos y caer sobre los pezones.

Su cuerpo se meció en contra de su voluntad mientras punzadas de deseo la atravesaban tensando sus músculos. Si no la penetraba pronto iba a perder la cabeza. O tomar las riendas.

Entonces una de sus manos se deslizó entre sus piernas y el dedo pulgar se detuvo exactamente donde tenía que detenerse y empezó a acariciar su hinchado clítoris a través de la seda.

El placer creció a la velocidad de la luz y sintió que el orgasmo tomaba posesión de ella antes de haber tenido tiempo siquiera de anhelarlo. Había sentido el deseo de ese momento desde la última noche que habían pasado juntos seis semanas antes.

Sus voraces besos se tragaron su grito de placer. Un placer que siguió y siguió hasta que secó toda su capacidad de pensamiento. Entonces el dedo se apartó y ella quedó flotando en una neblina de saciedad. Temporal, porque sabía que no había terminado, ni de lejos.

El ruido de la funda de un preservativo al rasgarse se filtró en su conciencia, pero no miró. Todo estaba borroso por el placer. Fue sentir que le quitaba las bragas lo que consiguió que recuperara la atención. Sintió que los músculos del interior de su cuerpo se tensaban fruto del deseo. Zephyr presionó y la abrió con su miembro cubierto de látex.

Ya estaba dentro de ella, su largo y erecto sexo la llenaba como el de ningún otro hombre.

La miró desde arriba con los ojos negros de deseo.

—¿Bien?

Ella respondió alzando la pelvis para recibirlo más

profundamente. La sensación de la punta presionando desató otro orgasmo, ése más interno que el anterior, una intensa contracción de su vientre que se movió entre el dolor y el placer.

Aunque creía que no había hecho nada que mostrase su placer, un brillo de delicia llenó los ojos de él. Y entonces empezó a moverse con un ritmo que demandaba la participación de los dos y hacía que una y otra vez recibiera descargas de un intenso y eléctrico placer.

Se movían juntos con una urgencia que no se podía negar. En pocos minutos separó sus labios de los de ella y rugió de placer mientras los músculos de ella se contraían sobre él en un tercer orgasmo provocado por la presión de su erecto sexo contra el punto G.

Zephyr dijo una palabra de cinco letras.

—Prefiero la expresión «hacer el amor» —dijo ella agotada sintiendo su cuerpo sin fuerza por el abrumador cataclismo que había sido su acoplamiento.

—Ha sido increíble —dijo él después de una carcajada.

—Ésa es otra palabra para describirlo —miró sus cuerpos. Estaban prácticamente vestidos, la ropa apartada sólo lo estrictamente necesario para hacer posible el acoplamiento—. Y también como si hubiera sido un temblor de tierra.

—Ésas son más palabras.

—Y dos más para ti: aún vestido.

Su vista recorrió el camino que había seguido la de ella y dijo con los ojos muy abiertos:

—Increíble.

Pareció tan conmocionado como lo estaba ella, lo que le pareció muy divertido y se echó a reír. Pronto la risa de él se unió a la suya y tuvo que quitarse el preservativo antes de salir de encima de ella. Se puso de pie y tiró el preservativo antes de quitarse los pantalones completamente arrugados.

–Me preguntó qué pensarán de esto en la lavandería.

–¿De verdad te importa?

–No –terminó de desnudarse y empezó con la ropa de ella–. Las bragas están para tirarlas, pero creo que en la lavandería podrán salvar la falda.

–Podrías tener la decencia de hacer que parece que lo sientes.

–¿Por qué? ¿Qué son unas bragas en comparación con el placer de que hemos disfrutado?

–Eran mis bragas favoritas.

–¿De verdad? –la miró con gesto de incredulidad–. No recuerdo habértelas visto antes. Nunca. Y creo que tengo un buen conocimiento de los deliciosos trozos de tela que eliges para cubrir el más excitante espacio de tu cuerpo.

–Embaucador –fingió un gesto de disgusto–. Las compré ayer.

–Entonces ¿cómo podían ser las favoritas?

–Eran mis nuevas favoritas.

–Bueno, ahora son basura –dijo sin parecer preocupado en absoluto.

Lo que le gustó, mucho. Aunque aún no estaba dispuesta a dejar el juego.

–Pensaba que te gustaban.

–Así era. ¿No te has dado cuenta?

Se echó a reír y dijo:

–Sólo voy a perdonarte porque he tenido varios orgasmos.

–Por lo menos tres. Y en poco tiempo. Eso me hace preguntarme qué puedo hacer con toda la noche.

Lo que hizo fue hacer el amor con ella hasta que quedaron exhaustos casi al amanecer... y no antes de tres orgasmos más.

Durmieron hasta bastante avanzada la mañana cuando se entregaron a un decadente desayuno almuerzo. Después se fueron a la Acrópolis. Había visto un vídeo sobre las ruinas, pero nada la había preparado para cómo se sintió en el centro de lo que muchos decían eran los cimientos de la cultura occidental. Quizá no todo el mundo reaccionaba como lo hizo ella, pero experimentó una sensación de plenitud. No podía dejar de contemplar el Partenón completamente asombrada. Cuando le habló a Zephyr de ello, no se echó a reír como habría hecho Art. Sólo asintió serio.

—Esto no es sólo un montón de piedras bien colocadas. Estamos en medio de la historia. No puedes pasar de largo ante algo así.

—Por eso tus proyectos son tan especiales, ¿no?

—¿Porque reconozco la historia cuando la veo? —preguntó divertido.

—Porque reconoces el sabor único de cada sitio y en ligar de cambiarlo, lo realzas.

Muy pocos promotores sabían hacer eso y ninguno con más éxito que Stamos & Nikos.

—Neo y yo aprendimos a reconocer lo bueno en donde lo hay —enlazó los dedos con los de ella y le dedicó una mirada que decía que no sólo hablaba de proyectos empresariales.

—¿Incluso en el orfanato? —preguntó con suavidad.

—Admito que yo allí vi más cosas buenas que Neo.

—No me sorprende.

Él se encogió de hombros.

—Ése es todo un talento. Me gustaría haberlo tenido a mí de niña —así habría llevado mejor mudarse tanto como lo había hecho su familia—. Diablos, no me importaría tenerlo ahora.

—No desprecies tu fortaleza. Es una de las primeras cosas que admiré de ti.

—¿De verdad?

—Completamente. Cuando miras una propiedad, no ves lo que es, sino lo que podría ser.

–Eso no es lo mismo.

–No, pero surge de la misma actitud.

–Entonces, ¿por qué fui una niña tan triste? –se sintió idiota preguntando eso. Ya era mayor, la niña que encontraba traumatizante cambiar de casas y de colegio cada dos años ya no existía.

–No fue la incapacidad de encontrar lo bueno en cada nueva situación a la que os llevaba la carrera militar de tu padre lo que te hizo infeliz. Fue el encontrar tanto que amar y de lo que disfrutar en cada sitio nuevo del que luego te arrancaban con cada cambio de destino.

Piper notó que de pronto se le quedaba la garganta seca. Zephyr había acertado completamente. Cada vez que habían encontrado su lugar en el mundo, era arrancada de él.

–Muchos niños han crecido así –dijo sin ceder.

–Eso no lo hace más fácil para cada uno de ellos. Había más de dos docenas de niños en el orfanato en el que me abandonó mi madre. Eso no hizo mi situación más fácil de aceptar.

–¿Tu madre te abandonó en el orfanato?

Zephyr caminó hasta un punto desde el que se veían el Arco de Adriano. Aún la llevaba de la mano. Era como si la única conexión que tenía con el presente fueran los dedos de ella. No podía creer que le hubiera contado eso. Jamás se lo había dicho a Neo. Aun así, sabía que en ese momento iba a contarle la verdad a Piper. Quizá no toda, pero sí una parte. Y no sabía por qué.

–¿Cuántos años tenías? –preguntó tras un sombrío silencio.

–Cuatro, casi cinco –la miró para medir su reacción de tierna amante.

Ella no lo decepcionó. En sus ojos azules se reflejó el impacto.

–Pensaba que serías un bebé o algo así.

–No. Mi madre era prostituta –de nuevo una sensación de extraña irrealidad lo llenó–. Uno de sus clientes se enamoró de ella y quería casarse, pero no quería una vida que le recordara lo que era antes de que se conocieran.

Como adulto, casi podía entender esa conducta. No perdonarla, pero sí entenderla. Como niño que había adorado a su madre, lo único brillante en su corta vida, la única persona en la que había encontrado aceptación y amor, no había sido capaz. Ni su mente de niño ni su corazón, que había convertido en roca impenetrable, habían sido capaces de comprender lo que su madre había hecho, tampoco la actitud de su marido.

El hombre había sido bastante amable con él las pocas veces que lo había visto antes de comprarle la libertad de Leda a su proxeneta, su padre.

–¡Pero eras su hijo! –casi se soltó de la mano por la impresión, pero él no la soltó.

–Mi madre venía a verme. Una vez al mes, pero aprendí a desear que no viniera.

–Porque nunca te llevaba con ella cuando se marchaba.

–No –daba lo mismo lo que lo hubiera deseado al principio.

–¿Cuándo fue la última vez que hablaste con tu madre?

–El mes pasado –pero no la había visto desde que se había escapado del orfanato con Neo.

Piper lo miró fijamente con los ojos brillantes por la emoción y sin poder decir nada.

–Contacté con ella después de ganar mi primer millón. Se alegró de oírme.

–Parece como si eso te sorprendiera.

–Así fue. Aunque ahora era rico, no había ninguna

garantía de que quisiera algo que le recordara su pasado.

—Pensaste que dinero era todo lo que podías darle.

Claro. Nunca había conocido a ninguna mujer que no apreciara los regalos en metálico.

—¿Por qué iba a pensar otra cosa?

—Se alegró de que estuvieras bien, ¿verdad? Seguro que lloró la primera vez que llamaste.

Esa vez y casi todas las demás.

—Tienes razón —aunque no entendía por qué.

Si su desaparición hubiera sido tan dura para su madre, seguro que no lo habría dejado en el orfanato. Aun así, no lo había abandonado por completo.

—Pagaba el orfanato para que me cuidaran —había averiguado eso cuando él había hecho su primer donativo mucho antes de amasar su primer millón.

Ésa había sido la razón por la que había contactado después con ella. Si no hubiera sabido que ella había intentado que tuviera los mejores cuidados, creía que jamás la habría buscado. Pero nada podría alterar el derrotero que habían tomado las cosas con su padre.

—¿Vas a ir a verla mientras estemos aquí? —preguntó Piper con voz estrangulada.

—No.

—Claro, perdona —pasó de estar al borde de las lágrimas a la vergüenza—. No hay ninguna razón para que lleves a tu amiga a ver a tu madre.

—No es eso. Le gustarías —¿cómo no? Piper era una mujer encantadora—. Es que no tengo intención de verla.

—¿Qué? ¿Por qué no? Seguro que tenemos tiempo. Incluso si vive en otra isla. Podemos saltarnos lo de hacer turismo.

—Vive en Atenas. Le compré una casa en Kifissia —la distancia entre ese barrio y el que había nacido él era de varios kilómetros.

–Según lo que he leído en la guía, ésa es la zona de élite de la ciudad.

–¿Es eso lo que dice?

–Bueno, algo así.

–Es cierto, los ricos han vivido en Kifissia durante generaciones.

–Y le compraste una casa a tu madre allí.

Se encogió de hombros. ¿Qué quería ella que le dijera? Había querido regalarle a su madre una ruptura física con su pasado.

–Y aun así no vas a ir a visitarla.

–No –confirmó.

–Pero...

–Hace más de veinte años que no la veo, Piper.

–Pero has dicho que has hablado con ella el mes pasado –dijo confusa.

La besó. No apasionadamente, pero no pudo resistirse a la inocente incomprensión de su rostro.

–Era su cumpleaños, así que hablé con ella.

–¿La llamas una vez al año, por su cumpleaños?

–Sí –el primer año después de recuperar el contacto había cometido el error de preguntarle qué quería para su cumpleaños.

Se había hecho a las costumbres de Estados Unidos. Y había querido tener una excusa para regalarle algo bonito, algo que le demostrara a ella y al hombre con quien se había casado que él no era un bala perdida después de todo. Ni el cachorrillo débil al que habían abandonado.

Pero su madre no le había pedido un bolso de diseño, ni una televisión nueva. Sólo le había pedido una cosa: que la llamase una vez al año por su cumpleaños para así poder saber que estaba bien. Podía seguir sus éxitos en los periódicos, pero seguía llamando. Una vez al año.

–¿Te llama ella?

–Le he pedido que no lo haga a menos que haya un problema con alguno de mis hermanos.

–¿Tienes hermanos?

–Un hermano y una hermana. No lo son del todo, pero me siento algo responsable.

–¿Qué edad tienen?

–Iola veintinueve. Está casada con un buen hombre y tiene tres críos.

Tenía seis años menos que él y había nacido año y medio después de que lo mandaran al hogar infantil.

Su madre se había saltado visitarlo ese mes y el siguiente. Él había pensado que se habría cansado de ir a verlo, pero había vuelto con una hermosa niña.

–¿Conoces a los niños?

–Sí, Iola insistió.

–Lo dices como si no entendieras el porqué.

–Soy el hijo bastardo que su madre dio a luz cuando vivía de un modo que querría olvidar. Mi hermana ni siquiera se acuerda de mí. Era demasiado pequeña la última vez que la vi.

–¿Tu madre la llevó a las visitas?

–Sí.

–Eso fue cruel.

Se encogió de hombros. Desde su punto de vista había sido mucho más cruel cuando había dejado de llevarla. Habría podido pensarse que tendría celos de la niña, pero él la había adorado desde el principio. Le había dolido mucho cuando el marido de Leda le había dicho que no la llevara.

Pero del mismo modo que su madre había sido sorda a sus ruegos de que lo llevara con ella, lo había sido a sus peticiones de que llevara a su hermana.

–Pensaba que ella era lo más asombroso que había visto nunca. Estaba sobrecogido con ella.

–¿Qué pensaba ella de ti?

–No lo sé. Su padre no quería que preguntase por mí, así que mi madre dejó de traerla a las visitas. A mi hermano lo trajo también sólo de muy pequeño para que no preguntara tampoco.

–Claramente no quieren olvidarte. No si tu hermana insistió en que conocieras a sus hijos.

–Me ocupo de ellos –incluso su corazón de piedra se conmovía con esos pequeños que le llamaban «tío Zee».

–¿Crees que ésa es la única razón por la que quieres relacionarse contigo?

–¿Por qué si no?

–Quizá por la misma que yo lo quiero incluso aunque no trabajara para ti –¿cómo podía ser tan poco consciente de lo que valía él?

–¿Querrías?

–Sí.

No la creyó, pero apreció el sentimiento.

–¿Tu cuñado trabaja para ti? –preguntó Piper.

–¿Cómo lo sabes?

–Has dicho que te ocupabas de ellos. ¿Tu hermano también trabaja para ti?

–No. Es brillante a nivel académico. Acaba de terminar el doctorado en Física.

–Déjame adivinar... le has pagado los estudios.

–Naturalmente.

Lo rodeó con los brazos y lo besó con más ímpetu que lo había hecho él un momento antes.

–Eres un hombre impresionante, Zephyr Nikos.

Negó con la cabeza, pero no era idiota. Le devolvió el beso y disfrutó del momento mientras duró, preguntándose qué tenía mal en la cabeza para haberle contado todo eso. Quizá una amiga con sexo no era tan buena idea después de todo. No podía amarla y esa apertura podía darle a ella una impresión equivocada.

Capítulo 3

LA llevó al barrio de Plaka después de haberse empapado de historia griega en la Acrópolis. Por eso, y porque se había acabado el horario de visitas. Podría haber arreglado un trato especial, pero prefirió que fueran al mercado antiguo. Era un paraíso turístico y Piper, una turista encantadora. También volvían al suelo firme en que él estaba cómodo. Encontraron una tienda que hacía reproducciones de joyería clásica y le compró una gargantilla que no habría parecido fuera de lugar en el cuello de la esposa de un senador. Piper había protestado por el precio, pero él se había mantenido firme. Podía permitirse malcriarla y se lo merecía. Sobre todo después de cómo la había tratado el canalla de su ex marido. Él no podía permitirse darle amor, pero sí regalos. Y lo haría.

Esa noche, en la terraza de un exclusivo restaurante, Piper se descubrió disfrutando de la elegante decoración que conservaba el sabor de Atenas. Como en la mayoría de los restaurantes griegos, casi todas las mesas estaban fuera. Aunque ése no era ruidoso como los del Plaka.

–¿Éste es uno de tus lugares favoritos cuando vienes aquí?

–Lo es –frunció el ceño–. ¿Cómo lo sabes?

–No creo que el personal se sepa el nombre de los hombres de negocios americanos que vienen.

–Bien observado –dijo él con una sonrisa.

Le gustaba verlo sonreír. Se había mostrado tan retraído después de haberse abierto en la Acrópolis, como si se arrepintiera de haber compartido tanto de su pasado con ella. Podía comprender que fuera un hombre que no se entregara a las emociones, pero se había dado cuenta de una cosa mientras compraban en el barrio de Plaka: sentía mucho por él. De hecho, pensaba que sólo tenía un nombre: amor.

–Gracias por compartir este sitio conmigo –pasó los dedos por la gargantilla–. Gracias por todo.

Las piedras estaban calientes por el calor de su cuerpo, pero su corazón estaba aún más caliente. Él insistió en que un beso sería suficiente como compensación. Así que se habían besado delante del propietario, que sonrió y dijo algo en griego que hizo reír a Zephyr.

Piper no sólo se sentía malcriada, sino mimada, y eso era peligroso, lo sabía.

–Es un placer.

–Dices eso muchas veces –sonrió mirándolo.

–Y es la verdad. Eres una acompañante muy amena, Piper.

–Me alegro de que pienses así. Tampoco yo aborrezco tu compañía.

–Es un alivio. No me gustaría pensar que me das sexo por lástima.

–Cierto –se echó a reír–. Sexo por lástima. No veo por qué –ninguna mujer podría sentir lástima de ese hombre.

¿Desearlo? Sí. ¿Anhelar sus besos? Por supuesto. Pero lástima... Imposible.

–Me alegro de oír eso.

–Deja de tomarme el pelo –se ruborizó– y cómete el aperitivo.

Sorprendentemente, le hizo caso y se lo comió.

—¿Vas a ser el padrino de Neo?

—Naturalmente.

—¿Querías serlo? —bromeó segura de que diría que no.

—Sí —dijo con una sonrisa.

—¿Sí? —no lo había esperado.

—Por supuesto. Me preocupaba que Neo hubiera olvidado sus sueños de un hogar y una familia por la presión de levantar un imperio. Cuando salimos de Grecia era de lo que hablaba, de tener algo propio y después formar una familia. Dejó de hablar de ello hace años, al llegar a Seattle.

—Pero tú no querías que lo olvidase por completo —no se imaginaba a Zephyr animándole a ello.

—No. Se merece una familia, un hogar que sea algo más que una casa en la que se vive.

—Son unos sentimientos muy tradicionales para un reconocido playboy.

—¿Qué puedo decir? Soy un tipo tradicional.

—No me lo creo —dijo entre risas.

—¿Qué? El que no me haya casado no significa que nunca desee ese estado —no parecía bromear.

No podía dejar de sentir que le estaba tomando el pelo. Zephyr era la personificación del tipo que no se comprometía. Lo había dejado claro desde el mismo instante en que habían empezado a acostarse. También ella había pensado esa primera vez que sería algo excepcional. Y se había sorprendido cuando él había querido más cuando trabajaban juntos en un proyecto y después se habían seguido viendo en Seattle. Pero él había sido lo bastante inteligente para dejarle a ella tiempo para aceptar el cambio en su relación, así que estaba preparada para aceptar la nueva «amistad con derecho a roce» o lo que fuera.

—Pareces desconcertada.

–Estoy un poco desconcertada –admitió ella.

–No sé por qué. Es el sueño americano, no sólo el griego, ¿verdad? Algún día encontraré a la mujer adecuada –le dedicó una sonrisa que despertó las mariposas de su estómago–. Diablos, puede que hasta me enamore como ha hecho Neo.

Esas palabras fueron como una flecha en su corazón, porque de ellas se infería que no había encontrado a la mujer, así que ella no podía ser. Después de haber llegado a un acuerdo con sus propios sentimientos, era un doble impacto en su corazón. Se llevó la mano a la gargantilla esa vez en busca de confort. Había que querer a alguien para mimarlo. ¿Por qué le hacía entonces esos regalos? Por desgracia, por lo que había oído antes, lo sabía: era el modo de Zephyr de llevar una relación. Regalos y dinero. No amor. No para la madre que lo había abandonado y tampoco para ella.

–No pareces del tipo hogareño, Zephyr –no pudo evitar decir–. Vives como un soltero empedernido y has salido todo lo que has podido y más.

–Así era Neo antes de conocer a Cass. Y yo estoy tan deseoso de dejar mi huella en el mundo como todos los demás hombres.

–¿En serio?

–¿Por qué no iba a serlo? A pesar de lo que acabo de decir, no anticipo que vaya a enamorarme como Neo, pero algún día me casaré y procrearé. ¿Para qué levantar un imperio si no se lo voy a dejar a nadie?

Piper no mencionó a sus sobrinos, era evidente que no venía al caso. Zephyr quería su familia.

–Pero no crees que vayas a enamorarte nunca.

–No.

Eso tenía más sentido, aunque dolía hasta quitar el aliento.

–Pero...

–¿Pero qué? Tú amabas a tu ex marido, ¿verdad?

–Sí –sonrió con amargura.

–¿Y eso te dio la felicidad?

–No, pero eso no significa que no pueda darse el amor, o hacer feliz a quien lo encuentra.

–Quizá a ti vuelva a sucederte algún día.

–Quizá sí –ya había sucedido y sus confidencias en la Acrópolis sólo lo habían corroborado.

Sin embargo se daba cuenta de que era una verdad que no podía decirle. No importaba lo mucho que esa situación le doliera, no podía cambiarla. Se dio cuenta de que era muy posible que ella pagase el precio por los actos de otra mujer.

–El amor es un sentimiento conflictivo –dijo él con una mueca de disgusto.

–No lo dudo, pero también es bueno –seguro que él lo veía en Neo.

–¿No te arrepientes de haber amado a Art? –preguntó con calculada frialdad.

–No. Me arrepiento de que fuera un infiel y un mentiroso y de que su amor fuera sólo palabrería.

–¿Qué tiene eso de distinto de arrepentirse de haberlo amado?

–Mi amor era algo bueno.

–Que terminó causándote dolor.

No podía negarlo. Querer a Art casi la había destruido. Y amar a Zephyr no parecía ser una perspectiva mejor. Al menos esa vez sabía en qué posición estaba. Eso ya era algo.

–Mira –dijo con una de esas sonrisas que hacía que se le cerrase el estómago–. No trato de ser cruel, pero ambos sabemos que el amor de alguien no es garantía de que no te traicionará.

–Eso no significa que no debas abrirte al amor –trató de ocultar la desesperación en su voz.

–A mí me funciona.

Y no podía reprocharle su actitud con lo que sabía de su madre.

–Pero Neo quiere a Cassandra y viceversa. O eso dices tú.

–Cassandra es una mujer entre un millón.

El dolor que le provocaron esas palabras hizo que notara una punzada en el corazón. Eso suponía que ella no era una mujer así. ¿A quién quería engañar? Desde luego a sí misma no. Esa conversación había dejado patente la actitud de Zephyr hacia ella. No la amaba. Ni siquiera un poco. Tampoco consideraba la posibilidad de amarla. Nunca. Y eso no era lo que ella quería escuchar. El dolor que sentía tiraba por tierra todas las promesas que se había hecho al dejar a Art. No perdería su medio de vida cuando su relación sexual con Zephyr terminase, pero no estaba segura de que su corazón sobreviviera, aunque lo hiciera su negocio.

Estaba perdidamente enamorada de un hombre que no creía en ese concepto para sí mismo y aun así pensaba casarse algún día. Pero había dejado claro que no pensaba que esa mujer fuese ella.

Recordó la última vez que había sentido esa imposibilidad de respirar. Había sido cuando se había dado cuenta de que Art no la quería y nunca lo había hecho. Y una vez más, por su orgullo y quizá por el de Zephyr, tenía que ocultar la devastación que sentía por dentro.

–Quizá tengas razón –dijo intentarlo no darle importancia a las palabras.

–¿En qué?

–Lo he hecho fatal a la hora decidir de quién me enamoro.

–No puedo estar más de acuerdo.

–Gracias –dijo entre risas, pero sin ningún sentido del humor.

–No me interesa hablar de Art Bellingham.

–A mí tampoco.

Esbozó una sonrisa forzada.

–Bueno, dime qué quieres hacer mañana.

Tenía que esforzarse más por ocultar sus sentimientos y tenía que empezar ya.

–Soy una obsesa de los museos. Me gustaría ver el arqueológico, el de la Acrópolis y el Benaki.

–Una buena lista si se considera que no pensabas hacer turismo.

–Mientras te duchabas he echado un vistazo a la guía que había en el hotel.

–Así que mañana festín de museos.

–Si tienes otra cosa que hacer, puedo ir yo sola.

–No hay nada mejor que pueda hacer que estar contigo. He crecido en esta ciudad, lo he visto todo.

No se lo imaginaba visitando la Acrópolis cuando vivía en la calle, pero no dijo nada.

–Y dado que estamos planeando la agenda... ¿qué quieres hacer pasado mañana?

–Pensaba que volaríamos a la isla.

–Tengo un helicóptero reservado para el final de la tarde. Quería alargar el tiempo aquí.

–Me malcrías –y así era, podía no amarla, pero era su amigo y se preocupaba de que estuviera descansada y feliz–. Esto no iban a ser unas vacaciones.

–Sí, pero estos días es exactamente lo que son. Por mucho que te sorprenda.

–Pero pasado mañana se suponía que empezábamos a trabajar –no sabía qué sería peor, pasar más tiempo haciendo turismo o estar con él en una paradisíaca isla privada.

–He alterado un poco la agenda.

–Lo que tú quieras.

–Quiero que lo pases bien –frunció el ceño.

—Estoy en Grecia, ¿cómo no voy a pasarlo bien?

—¿Entonces aprobarías visitar las ruinas del templo de Poseidón en Sounion?

—Claro, sería estupendo.

—¿Prefieres hacer otra cosa?

—No —realmente no le importaba.

—Entonces el Templo de Poseidón.

—Gracias —asintió.

—Creo que no hay de qué. Sé que tenía que preocuparte venir a Grecia y sólo ver una islita en todo el tiempo que estuvieras. Eres demasiado curiosa y aventurera como para contentarte con eso.

—Me conoces bien —al menos en la superficie.

Esa noche hicieron el amor lenta e intensamente. Zephyr la desenvolvió como un regalo frágil de incalculable valor y ella trató de creerlo a pies juntillas, incapaz de manejar el dolor que provocaban unos sentimientos que no podía cambiar.

No se unieron hasta que él había recorrido cada centímetro de su piel. Pero su comportamiento resultaba tan extraño tras las implicaciones de la cena, que ella no era una mujer especial en su vida, que por maravilloso que fuera, en esa intimidad había una curiosa sensación de disonancia.

Después, silenciosas lágrimas de sentimientos confusos recorrieron sus mejillas en la oscuridad. Se quedó dormida deseando seguir ignorando lo que él sentía, ya que lo que sentía ella era imposible.

Se despertó a la mañana siguiente llena de sentimientos contradictorios. Como siempre, cuando se despertaba entre los brazos de él, se sintió segura, cuidada, incluso querida. Sólo que esa mañana todos esos sentimientos luchaban con lo que sabía. La absoluta certeza de que Zephyr no la amaba, la posibilidad de que nunca lo hiciera y la probabilidad de que casi seguro la dejaría. Ella no había querido enamorarse, pero lo había hecho. Y al mirar atrás no veía cómo podía haberlo evitado. Zephyr era todo lo que podía desear como amante y como amigo.

Compartían intereses. Así había empezado su amistad. Había descubierto que él compartía su amor por el fútbol europeo. Veían juntos los partidos con la misma pasión. Después, se había enterado de que le fascinaban los museos y las galerías de arte como a ella, lo mismo que le apasionaba la política mundial. Era algo más que un buen amigo, era el mejor. No sólo compartían aficiones, cuidaba de ella. La había ayudado a poner en marcha su negocio recomendándola a otros promotores, incluso la había cuidado cuando había tenido la gripe. Había sido algo especial. La había tratado como una reina sin ser nunca condescendiente con ella. Y le hacía el amor como el más experto gigoló. No podía olvidar ese importante pequeño hecho.

Al imaginarse lo que pensaría él al ser comparado con un mercenario del sexo, no pudo evitar sonreír. Más que tomarlo como una ofensa, el arrogante magnate seguramente se sentiría orgulloso. Su pericia sexual era un motivo de orgullo para él. Si estuviera igual de abierto al amor como al sexo, ella no se encontraría en ese dilema.

Se quedó tumbada en silencio contemplando sus bonitas facciones.

Al contrario que la mayoría de los hombres, Zephyr no parecía más vulnerable dormido. Parecía dispuesto a levantarse de un salto a la menor señal.

Después de lo que le había contado en la Acrópolis, algunos aspectos de su vida tenían sentido. Cuando lo había conocido había pensado más que era un encantador de serpientes que otra cosa. Al verlo trabajar se había dado cuenta de que no. Nunca se relajaba, siempre pendiente de todo. Y bajo su fachada de cooperación, había algo despiadado que sólo aparecía en algún rápido comentario o alguna instrucción, pero siempre sin perder la cara de póquer.

Cuando Zephyr hablaba, todo el mundo escuchaba, todo el mundo. Era brillante. Era rico. Era alguien que había que tener en consideración. Si era sincera tenía que admitir que no sabía qué hacía con ella, una mujer que luchaba para levantar una empresa de diseño de interiores en Seattle después de que su ex marido hubiera arruinado su reputación en Nueva York.

Ella no estaba a su altura, lo que sólo hacía su amistad más preciosa y su relación de amantes más difícil de comprender.

Enamorarse de él podía haber sido inevitable, pero tener una aventura sexual no. Había podido elegir y lo había hecho creyendo que podría manejar los límites que él planteaba. Se había equivocado. ¿Cómo podía haber sido tan estúpida? Elegía mal cuando se trataba de hombres a los que amar. Primero había sido Art, que había parecido un hombre en quien confiar, pero que había acabado con su seguridad en sí misma. Después, Zephyr, que parecía tan encantador y abierto en la superficie, pero que en realidad era el hombre más cerrado que había conocido.

Sólo perdía el control en un aspecto que ella supiera, y lo conocía tan bien como nadie. Perdía el control cuando hacían el amor. Había sido así desde el principio, por eso había estado segura de que su relación íntima acabaría siendo extraordinaria. Había parecido descompuesto la primera vez, con el cabello revuelto y empapado en sudor. Ella se había excitado tanto al ver su estado, que había iniciado un segundo asalto. Él se había mostrado conforme, pero a la mañana siguiente, se había despertado sola y no habían hablado de sexo la siguiente vez que se habían visto. Estaban terminando otro trabajo juntos cuando la tensión sexual que había entre ellos había vuelto a estallar en otra experiencia de sexo desenfrenado.

Y en ese momento se dio cuenta de que ahí había sido cuando se había empezado a enamorar de él. Había podido ver un aspecto de Zephyr que no mostraba a nadie. Así la había cautivado.

Más aún cuando él había admitido lo que ella había sospechado desde la primera vez: que a él no le pasaba lo mismo con otras mujeres. Por desgracia, se había permitido a sí misma establecer vínculos emocionales con ese débil pretexto y se había mentido sobre lo que pasaba en su corazón. Pero... ese pretexto era tan débil.

A pesar de lo que había dicho la noche antes, ella era especial para él. Eran amigos y él no tenía mucho de eso. Además, su relación sexual había durado más que ninguna otra que había mantenido. Y conocía ya una faceta de Zephyr que normalmente no mostraba.

Así que, en esos tres aspectos, ella no era un negocio como todo lo demás en la vida del magnate. Si se añadía que estaba de vacaciones por primera vez desde que lo conocía, con ella y por ella, todo eso suponía algo especial, ¿no? ¿O estaba agarrándose a un clavo ardiendo como con Art?

Una cosa sí tenía clara: no se iba a mentir más a sí misma. Amaba a Zephyr. Irrevocablemente e inequívocamente. Más de lo que había amado a Art y sospechaba que más de lo que pudiera amar a nadie. Pero si él no podía amarla, entonces tenía que acabar con aquella relación entre los dos antes de que su corazón fuera irrecuperable.

Sólo pensar en dejar a Zephyr dolía y un gemido saltó la barrera de sus labios. Él no se despertó, pero la rodeó con los brazos con más fuerza, aumentando así el dolor.

Si se separaba de él, no habría nadie para consolarla.

Y eso llevaba a su última decisión: no iba a malgastar los que podían ser sus últimos días con él doliéndose por una pérdida que aún no había llegado. Exprimiría cada instante de felicidad del tiempo que iban a pasar juntos en Grecia.

Zephyr se despertó con la maravillosa sensación de Piper dándole un masaje. Estaba bocabajo, los brazos relajados por encima de la cabeza y las piernas estiradas bajo las sábanas. Ella estaba sentada sobre sus muslos y provocaba en él un efecto que dudaba que supiera. O quizá sí. Piper era la más abierta y aventurera de las amantes que había tenido.

Le fastidió no haberse despertado mientras ella se movía. Su capacidad para incorporar sus caricias a sus sueños mostraba lo profundamente que confiaba en ella. Lo mismo que los secretos que había compartido el día anterior. Jamás se había sentido tentado de contarle esa historia a ninguna otra mujer, ni tampoco les había permitido quedarse a dormir en su cama, mucho menos despertarlo con un masaje. Había pensado que había sido inteligente mantener una relación sexual sin ataduras con la única mujer a la que había considerado su amiga. Pero se daba cuenta de que eso llevaba a intimidades que no buscaba.

Tenía que hacer que su relación con Piper volviera a recuperar el rumbo, o al menos poner fin a la parte sexual de la misma. Amistad y sexo. Nada más, y desde luego nada tan profundo que llevara a las confesiones. Había empezado en el Plaka, el día antes, comprándole regalos y cediendo a ese peligroso impulso de hablar.

Le había despertado con un masaje, eso llevaría al sexo y eso era algo que podía manejar. No abría la boca para decir cosas indebidas cuando estaba ocupado dándole placer.

–Mmmm... –se estiró bajo sus dedos e inhaló el olor del sexo de la noche anterior en las sábanas.

–¿Te gusta? –preguntó ella con voz ronca como si disfrutara tanto como él.

–Mucho. ¿De verdad que nunca has ido a una escuela de masaje?

–Es uno de mis talentos naturales.

–Lo admito, agradezco este talento en particular.

–Así debe ser. Así que ¿soy la única persona en tu vida con este talento?

–Nunca le he preguntado a Neo si le gusta dar masajes.

–Me cuesta imaginar esa conversación –dijo entre risas.

–No eres la única.

–¿No hay ninguna otra mujer en tu vida que sepa relajarte los músculos así? Me cuesta creerlo.

Nunca le había preguntado a ella si se acostaba con otros hombres, pero sabía que no lo hacía. Tampoco él tenía la costumbre de acostarse con más de una mujer a la vez. Llevaba a complicaciones y no quería líos. Aunque era raro que estuviera con una mujer el tiempo suficiente para que se convirtiera en un problema, seguía sus propias reglas. Sus más largas aventuras se contaban en meses, no en años.

–No hay ninguna otra mujer en mi vida, al menos no que tenga permiso para estar en mi cama.

Tenía muchas mujeres trabajando para él, tantas como hombres, bueno, casi. No había muchas mujeres que trabajaran en la construcción.

–Soy tu única...

La frase quedo inconclusa como si no supiera cómo terminarla y él no pudo ayudarla. No era una novia. Era una amiga con la que compartía cuerpo y cama, pero era evidente que ella quería saberlo. No le importó decirle la verdad:

—No me he acostado con ninguna otra mujer desde la segunda vez que hicimos el amor.

La primera vez le había asustado y tenía miedo de admitirlo. Admitírselo a sí mismo. Pero después se había dado cuenta de que se sentía más atraído por ella de lo que se había sentido por nadie. Añadir el sexo a su amistad era algo increíble. Ya había decidido disfrutar de ello mientras durase. Porque el sexo nunca lo hacía. La experiencia se lo había enseñado. Lo mismo que le había enseñado que mientras el amor podía ser transitorio, y la familia podía no ser necesaria, una verdadera amistad acompañaba a uno durante años. Eso lo había aprendido de Neo.

Mucho después de que el aspecto sexual de su relación terminara, esperaba que siguieran siendo amigos.

—Nunca he pedido promesas de fidelidad —dijo sin dejar de darle masaje.

—Y yo nunca te las he ofrecido —porque gracias a su ex, no le creería—. Pero si es lo que estás pidiendo, ahora no me acuesto con otras mujeres.

—¿Por mí?

—Porque tengo por norma no tener varias parejas al mismo tiempo —explicó.

—¿Monogamias sucesivas?

—Sí. Nunca hago promesas, lo sabes, pero mientras me acuesto con una mujer no busco a otra.

—Así que no has estado con ninguna otra desde que empezamos a acostarnos.

No desde la segunda vez que supe que seguiríamos haciéndolo —había tenido una aventura de una noche después de la primera vez, pero había sido un sexo mediocre.

–¿Por qué no desde la primera vez?

–No fue planeado, no estaba seguro de que repitiéramos.

–Pero decidiste que deberíamos... –preguntó indirectamente.

–Lo mismo que tú.

–Sí.

–Una vez que me di cuenta de que íbamos a tener una asociación sexual que se prolongaría en el tiempo, dejé de buscar nada más –la miró serio.

–¿Incluso cuando hemos pasado semanas sin vernos?

–No quebranto mis propias normas, Piper –no era un adolescente con las hormonas revolucionadas.

Un hombre de verdad sabía mantener la cremallera del pantalón subida.

–De acuerdo –dijo ella con una carcajada.

–Sí, de acuerdo –afirmó él con énfasis.

Pero le quedó la duda de que le hubiera creído, razón por la que nunca hacía promesas de fidelidad en sus relaciones temporales. Arthur Bellingham se merecía mucho más que la pequeña lección que había ingeniado para él.

Capítulo 4

Y TÚ? –preguntó decidiendo que quería confirmación de lo que le decía su instinto–. ¿Buscas liberación sexual en otro sitio cuando no nos vemos?

–No –dijo decidida.

–Tampoco tú haces promesas –le recordó.

–No, pero tú eres algo especial. Ningún otro hombre está a tu altura.

–Es bueno saberlo –podía resultar arrogante, pero no le costaba creerlo.

Sus manos bajaron hasta las nalgas.

–Maldición –suspiró él–. ¡Me encanta!

–Yo disfruto tanto como tú.

–Lo dudo –aunque le gustaba oírlo.

–Tocarte es un placer siempre –de nuevo la voz ronca.

–¿Se está volviendo el masaje algo sexual?

–Quizá –dijo, deslizando una mano entre sus piernas hasta alcanzar el escroto.

Ya estaba excitado, pero la presión se hizo más urgente al demorarse sus caricias ahí.

–Estás en zona peligrosa, *pethi mu*.

–¿Sí? –ya no estaba sentada sobre él, pero las rodillas seguían apoyadas a sus dos lados.

Interpretó eso como una invitación y se dio la vuelta suspirando de placer al ver su cuerpo desnudo sobre él.

–Eres tan bonita.

–Tienes prejuicios.

–¿Eso es lo que crees, *glyka mu*? Creo que podrías haber ganado millones de modelo.

–¿Me has llamado dulce?

–Dulce mía, estás aprendiendo griego.

–Sólo eso.

Bien, no estaba seguro de querer que le entendiera cuando la llamaba su mujer. Podía parecer que quería decir algo más de lo que quería. De vez en cuando se le escapaban las palabras *gineka mu*. Y de momento ella era suya. Quizá debería ser más circunspecto dado que ella empezaba a entender el griego.

Su erección lista para explotar lo distrajo de sus pensamientos. La miró y dijo:

–¿Me montas?

–¿Tenemos tiempo? –preguntó con la mirada oscura de pasión.

–Siempre –no tenían una agenda rígida.

No necesitó que la convenciera más, se colocó sobre su sexo en erección.

–Pareces a punto de estallar.

–Eso es lo que siento –dijo con los dientes apretados al notar su piel.

Ella buscó un preservativo y él deslizó una mano entre los pechos.

–Ninguno de los dos ha estado con otro en casi dos años. Tengo dos chequeos de ese tiempo que dicen que estoy limpio –sabía que ella se había hecho análisis cada seis meses durante dos años.

–Yo también.

–Por qué no lo hacemos así –ella usaba un parche hormonal, así que no había peligro.

–Sí –susurró ella bajando el cuerpo y haciendo que el sexo de él se deslizara dentro.

Zephyr se concentró y buscó todo el autocontrol que pudo reunir. Ella le premió bajando más y recibiéndolo entero dentro de su húmedo calor. Su masaje lo había excitado.

Ella también estaba muy receptiva y sus músculos internos se cerraron sobre su sexo. Se empezaron a mover como animales, pero la conciencia que tenían el uno del otro era puramente humana. No se dejaron de mirar a los ojos durante toda la salvaje cabalgada.

La sensación de su piel desnuda rozándose llevó a Zephyr a un convulsivo clímax, pero no tenía de qué preocuparse. Ella se fue con él, con la cabeza echada hacia atrás, el placer bajándole por las caderas y haciéndole gritar al llegar a la base de la espalda. Un momento perfecto.

Zephyr se sorprendió al disfrutar visitando los museos. Aunque le gustaban, no habría planeado un día entero de visitas. Sin embargo, el entusiasmo y la fascinación de Piper lo atrapó. Era la única explicación para su interés, incluso en cosas que había visto en grupo cuando estaba en el hogar. Había rechazado emplear el término orfanato porque él no era huérfano. Tenía madre y padre, aunque no fuera importante para ninguno de los dos.

—Esto sólo demuestra que nos repetimos creativamente. Ahora los críticos lo considerarían arte moderno si no fuera de hace cuatro mil años.

Estaban delante de una estatua cicládica que bien podría haber estado en una galería moderna.

—Sorprende que las estatuas carezcan de detalle cuando la cerámica tenía patrones tan complejos.

—Seguro que dentro de unos cientos de años alguien pensará que nuestras casas son copias unas de otras, pero que lo de dentro es muy particular.

–¿Eso es lo que crees? –se volvió hacia ella y le puso una mano en la cintura sin pensar por qué.

–Eso, o postularán que sólo comíamos en plástico porque los platos de plástico serán los únicos que sobrevivirán tanto tiempo –en sus ojos brillaba el buen humor.

–Teníamos porcelana en el hogar y, tienes razón, no dura tanto.

–Mi madre compró platos de esos irrompibles, pero no decían nada de que no los pudieran perder los niños. El cuadrado era una pala ideal.

–Te imagino de niña.

–Era terrible.

–Pero tímida con los extraños –adivinó.

–Sí. Los profesores nunca creían lo que mi madre contaba de mí hasta que organicé mi primer boicot en la cafetería al ketchup. Estaba asqueroso. O cuando recogí firmas para defender las salidas al aire libre en las clases de medioambiente cuando hubo un recorte presupuestario y quisieron quitarlas. No solía pasar hasta mi segundo año en la escuela –dijo orgullosa.

–Ya, te ganabas la confianza de las figuras de autoridad y después te rebelabas.

–Más o menos.

–No me cuesta creerlo.

–Tampoco a mi madre. Los directores de los colegios no eran tan intuitivos –le brillaron los ojos–. Hasta después de los hechos.

–Me estremezco al pensar cómo serán tus hijos –sus hijas serían testarudas, sus hijos protectores y todos inteligentes.

Lo miró de un modo extraño, pero no le preguntó nada porque ella se fue a la siguiente vitrina.

–Me alegra ver que los hombres griegos no han cambiado en milenios –dijo delante de una estatua kurós.

–Creo que me siento halagado –la estatua tenía una musculatura espectacular, aunque los genitales no eran nada del otro mundo–. Espero que no estés comparando ciertas partes de mi anatomía con las de la estatua.

–En algún sitio he leído que estas estatuas estaban pensadas para que el público se fijara más en la anatomía que en la parte sexual –dijo con una sonrisa socarrona.

–Eso o los modelos que usaban los artistas la tenían pequeña.

Piper estalló en una carcajada como él había esperado. La gente se volvió a mirarla.

–Eso no es algo de lo que te tengas que preocupar en mi cama, ¿no?

–Tú, Zephyr Nikos, eres un fanfarrón. Y un tipo muy malo –la risa aún latía en su voz.

Deseó besarla. Robarle un beso en la Acrópolis, era una cosa, pero en el Museo Nacional... Quería besar a su *gineka*, pero decidió no avergonzarla.

Se ocuparía de ello cuando volvieran a la habitación.

A la mañana siguiente, Piper trató de ordenar sus pensamientos mientras el agua caía sobre ella en la solitaria ducha. El día anterior ambos habían admitido ser fieles y habían acordado no usar preservativos. Había deseado la ilusión de una intimidad más profunda para lo que empezaba a aceptar sería su última cita y había accedido.

Sólo después se había empezado a preguntar si ésas eran cosas de un hombre que jamás la amaría. Al principio no había creído su afirmación de que no había estado con otra mujer desde la segunda vez que habían hecho el amor, pero al pasar el día se había dicho que no podía permitir que Art aún tuviera tanto poder sobre ella. Sin embargo, incluso creyendo en la fidelidad de Zephyr, ¿qué significaba eso? ¿Sería capaz de amarla? Tantas cosas señalaban que un sí era posible, aunque lo que él decía negara esa posibilidad.

El tiempo que habían pasado en los museos había sido casi mágico, lleno de risas y muestras de afecto entre los dos. Los contactos habían ido en aumento y, al llegar al hotel a cenar, Zephyr la había sorprendido con una tormenta de deseo. Habían perdido su reserva y hecho que les mandaran la cena a la habitación.

Zaphyr había hecho bien en pedirla. Por el dinero suficiente, cualquier restaurante enviaría comida a una pareja hambrienta. Incluso a una pareja que había decidido no salir de la habitación del hotel por saciar otra clase de hambre.

¿Cómo podría poner fin a la aventura sexual sin poner fin a su amistad? ¿Tendría la suficiente fuerza de voluntad para que él siguiera siendo su amigo sin acabar en su cama? Incluso si lo conseguía, ¿mantener su amistad sería lo mejor para su bienestar emocional? Pero ¿cómo iba a dejar de verlo si eso le haría pedazos el corazón?

Esa mañana sólo había añadido desasosiego a su estado. Habían hecho el amor y había sido tan profundo, que se había quedado sin aliento por reprimirse de expresarle su amor. Había necesitado su tiempo para volver a poner bajo control sus sentimientos y había insistido a Zephyr para que se diera una ducha él solo. Él había accedido y así ella había dispuesto de unos minutos preciosos para sí misma, primero mientras se duchaba él y después cuando lo hacía ella. El único problema era que sus emociones estaban tan a flor de piel como cuando habían hecho el amor. Ansiaba decirle lo que sentía, pero temía que eso fuera una carga para él. Y no podía aplastar la esperanza de que quizá, si él se daba cuenta de que amarla era seguro, de que ella no le traicionaría como otros en el pasado, entonces él dejaría salir a su corazón de la prisión donde lo había encerrado.

Con cuidado, se frotó con jabón la zona del parche anticonceptivo. O, mejor dicho, donde el parche se suponía que estaría. No... no, no.

Estaba ahí, Tenía que estar ahí. Miró por encima del hombro para ver su cadera derecha, pero no vio nada más que la suave piel. Miró el otro lado con la esperanza de haberlo puesto en otro sitio. Pero tampoco vio un parche cuadrado. ¿Dónde estaba? No tenía que quitárselo hasta dentro de unos días. Trató desesperadamente de recordar la última vez que lo había visto. Llevarlo se había convertido en algo tan natural que ni siquiera lo notaba. Sólo tenía que tener cuidado al ducharse. Había perdido uno el primer mes que había empezado a usarlo, pero pronto había aprendido a no estropear el adhesivo que lo mantenía adherido al cuerpo.

Se concentró en recordar imágenes de los días anteriores, pero la última visión clara que tenía del parche se remontaba a una ducha en el hotel del Medio Oeste la mañana antes de salir hacia Atenas. No podía haberlo perdido el primer día en Atenas. No podía haberse caído solo. Pero habían hecho el amor ese día después de semanas de separación, con urgencia y sin mucho cuidado con la ropa, mucho menos con un parche. Entonces, si lo había perdido entonces... había hecho el amor sin protección unas cuantas veces.

Se le hizo un nudo en la garganta. No, no podía aceptarlo, la vida no podía ser tan cruel.

Se dio cuenta de que estaba hiperventilando mientras se preguntaba qué hacer. ¿Cómo iba a dejar a Zephyr si estaba embarazada? ¿Creería él que no lo había hecho a propósito? Dejar los preservativos había sido idea de él, pero ¿lo recordaría cuando se enfrentase a los indeseados resultados?

No quería decirle que existía la posibilidad de un embarazo. Eso sólo generaría tensión entre ellos cuando había pocas posibilidades de que hubiera concebido, más considerando el tiempo que había llevado los parches. Sin embargo, si no se lo decía, ¿cómo iba a explicarle la necesidad de volver a usar preservativos? Y si no lo hacía, ¿cómo iba a explicarse a sí misma ese grado de deshonestidad? Una mentira por omisión no dejaba de ser una mentira, ¿no?

Quería que él creyera que amarla era algo seguro, que podía confiar en ella. ¿Cómo iba a construir esa confianza si le ocultaba algo tan importante? ¿No era mejor ser sincera y afrontar los hechos en lugar de hacer como si todo fuera bien?

¿No había sido eso lo que le había hecho Art? ¿Y antes que él sus padres, quienes siempre esperaban al último momento para comunicarle una nueva mudanza? Les dejaban siempre el tiempo justo para despedirse de sus amigos antes de marcharse.

Una sensación de fatalidad se instaló dentro de ella. Aunque era la primera vez que comprendía la conducta de sus padres, no iba a empezar a practicarla con Zephyr.

Terminó de ducharse, se vistió y se recogió el pelo en una coleta. Se saltó el maquillaje y volvió a la habitación diez minutos antes de lo previsto.

Zephyr estaba cerrando la puerta. Acababan de subir el desayuno.

—Listo para desayunar —dijo él.

—Perfecto —¿se lo decía ya o esperaba un poco?

—Pareces un poco alterada —dijo preocupado—. ¿Había una araña en la ducha o algo así?

—Por favor, no soy aracnofóbica.

—Me alegro.

–Sí, bueno, esto...

–Me estás empezando a preocupar –la miró preocupado.

–Eso puede ser sabio. Me refiero a la preocupación. Aunque, sinceramente, dicen que hacen falta unos meses para quedarse embarazada después de quitarse los parches. No hay ninguna razón para pensar ya en trágicas consecuencias.

–¿De qué estás hablando? –se quedó completamente quieto . ¿Has dicho embarazada? Llevas un parche anticonceptivo.

–Sí, debería, pero no está en su sitio.

–Claro que lo está. Nunca se te olvida –empezaba a parecer también un poco alterado.

–Tampoco lo he olvidado esta vez, pero no está en su sitio.

–¿No? –se dejó caer en una silla–. Tú... yo... tú... yo...

–Pareces tan coherente como me he sentido yo cuando me he dado cuenta de que no estaba.

–No recuerdo haberlo visto –se apoyó con los codos en la mesa y se agarró la cabeza con las manos–. No recuerdo haberlo visto, pero tampoco estaba mirando.

–¿Desde esa primera vez anteayer?

–No noté nada entonces, pero después tampoco –la miró con una expresión que jamás le había visto en el rostro. Miedo mezclado con culpa–. Jamás lo he notado. ¿Puedes perdonarme?

Eso no se lo esperaba. Había anticipado enfado, reproches, incluso horror, pero no culpa.

Se acercó a él, se puso de rodillas y le apoyó las manos en las piernas.

–No es culpa tuya. Yo tampoco me he dado cuenta de que se había caído. Estábamos... ocupados, ayer en la ducha y ahí es cuando suelo ver que está en su sitio.

–Pero hoy sí has mirado.

–Al no notarlo al lavarme.

–No puedo creer que no haya prestado más atención. Y además te he pedido dejar de usar preservativos
–en su voz se notaba la culpabilidad.

De acuerdo, no iba a tener que preocuparse de que
le echara la culpa, pero tampoco quería que él se sintiera culpable, o idiota. Aunque ella sí se sintiera así.

–Somos adultos. Ninguno de los dos nos hemos
dado cuenta. El parche era responsabilidad mía.

–Eso es como decir que los preservativos eran sólo
cosa mía y sé que no piensas así.

–No es lo mismo.

–Claro que sí, además echarnos las culpas no supone ninguna diferencia para el bebé que podemos haber
creado.

–No hay ninguna razón para dar por sentado que estoy embarazada –ése era un salto que no quería dar en
ese momento–. Como te he dicho, a muchas mujeres les
cuesta meses quedarse embarazadas después de los parches.

–También has hablado de un posible embarazo –no
parecía muy feliz con la idea–. ¿No considerarías un
aborto?

–¿Qué? No. Eso jamás será una opción para mí.

Pareció aliviado, pero no más feliz.

–Bueno, aun así has dicho que las consecuencias serían trágicas.

–No quería decir eso. Realmente no. Me asusta lo
que esto podría significar para mí, para nosotros –admitió emocionada.

–Yo no soy como mis padres, lo entiendes, ¿verdad?
–dijo algo en griego que ella no comprendió y añadió
con una mirada que no le gustaría ver al otro lado de
una mesa de juntas–. Yo no abandonaré a mi hijo.

Eso era algo por lo que ella nunca se había preocupado, aunque no lo hubiera dicho.

–Jamás he esperado que lo hicieras, pero ¿podemos dejar de hablar como si el embarazo fuera ya algo definitivo?

–¿Y tú qué piensas? –preguntó ignorando su ruego.

Trató de no sentirse ofendida por la pregunta. Tenía buenas razones para hacerla, pero aun así dolía.

–No soy tu madre. No tengo que abandonar a mi hijo para olvidar una vida horrible.

–¿Cuánto hace que tuviste el periodo?

–Vaya, ¿ahora eres un experto en el ciclo menstrual? –retó.

–No.

–Yo tampoco –resopló frustrada–. Pero sé que la mitad del ciclo es el momento de más fertilidad.

–¿Y?

–Pues que estoy justo en la mitad –dijo con una mueca de dolor.

–Aun así, como has dicho, muchas mujeres no se quedan embarazadas pronto después de usar los parches. ¿Cuánto llevas con ellos?

–Empecé cuando estaba con Art y no me los he quitado, aunque no me había acostado con nadie hasta esa primera vez contigo. Me gustaba cómo regulaban mi periodo.

–Eso es mucho tiempo.

–Sí.

–Así que las posibilidades son escasas.

–Eso es lo que quiero creer –lo miró preocupada.

–Pero escasas no es lo mismo que ninguna.

–No.

–¿Estás muy enfadada?

–¿Enfadada? No. Bueno, quizá un poco conmigo misma. Me siento como una idiota por no haber estado más atenta, sobre todo después de dejar de usar preservativos.

–Pero no estás enfadada con la perspectiva de gestar a mi hijo o hija...

–No –diablos, estaba a punto de venirse abajo–. No puedo imaginarme a nadie mejor con quien tener un bebé.

–No lo dices en serio –en sus facciones se reflejaba la conmoción.

–No miento.

–No, tú no, No más que yo.

Todavía le costaba confiar en la gente, pero no se lo iba a decir. Porque Zephyr nunca había hecho nada para que no mereciera su confianza.

–Supongo que un magnate sería una admirable elección como padre –dijo él.

–Es algo más que eso –se contuvo de darle una bofetada–. Yo te miro como a un cheque, Zee.

Y sería mejor que se quitara eso de la cabeza o iban a tener más problemas entre ellos de los que podía suponer un embarazo.

–Nuca me habías llamado así antes.

–Se lo he oído a Neo –pero tenía razón, pensar en el posible embarazo hacía que se sintiera más cómoda con esa intimidad.

–Sí.

–Si no te gusta, no lo volveré a hacer –ofreció.

–No me importa.

–Bien. Tenemos que hacer un plan.

–Tienes que desayunar.

–Y tú.

–Pues vamos a desayunar –y lo hicieron sin más discusiones.

Estaban a medio camino de Sounion cuando él volvió a sacar el perturbador tema.

–Así que un plan –dijo mientras conducía.

–Deberíamos volver a usar preservativos hasta que sepamos si estoy embarazada –se había dado cuenta mientras daba vueltas a la cabeza de que ése era todo el plan que quería hacer.

Un día antes, estaba pensando en decirle adiós y en ese momento se enfrentaba a la posibilidad de no poder hacerlo.

–Eso ya lo has dicho varias veces.

–¿Sí?

–Sí.

–Lo siento –se disculpó distraída.

–¿Estás tan afectada por la idea de estar embarazada de mí?

–Ya hemos hablado de ese tema.

–¿Entonces es sólo la posibilidad de estar embaraza-da? –la miró de reojo.

–Estoy poniendo en marcha un negocio. Tener un bebé cambiará muchas cosas, incluyendo el tiempo que pueda dedicarle al trabajo –era la única preocupación que quería decir en voz alta.

Desde que había descubierto la ausencia del parche sentía una mezcla de esperanza y alegría indebida con temor.

–¿Y eso te preocupa?

–Un poco –admitió–. Estoy pensando en revisar mis prioridades. Ningún hijo mío pagará por las elecciones de sus padres.

–Como sientes que tú has pagado por las de los tu-yos –dijo él.

–Y tú por las de los tuyos.

–No puedo estar en desacuerdo con eso –sonrió.

–No te pido que lo estés.

–Eso está bien.

–Odio todo esto –dijo casi en un grito.

—¿Qué?

—Lo forzados que resultamos el uno con el otro. Estábamos más unidos que nunca y ahora esto.

—Somos amigos —dijo con el ceño fruncido—. Que estés embarazada no cambiará eso.

—Somos más que amigos, Zee. Al menos concédeme eso —quizá sí quería hablar de algo más que de los preservativos.

—¿Qué quieres decir?

—No te hagas el tonto. Es impropio de ti, por no decir que no resulta creíble.

—No me hago el nada —dijo ofendido con un tono que podía empezar a rozar el enfado.

—Lo siento —miró por la ventanilla y parpadeó para contener las lágrimas—. No quería ser condescendiente.

—Gracias.

—En algún momento del camino dejamos de ser amigos con derecho a roce.

—¿Prefieres el término «amantes»?

—Eso sería un comienzo —no el que ella quería, pero sí un comienzo.

—Pero las amantes nunca son algo permanente en mi vida —dijo con tono de preocupación.

—Haz conmigo una excepción.

—No sé si puedo hacer eso —suspiró—. Claro, que si estás embarazada, no tendremos elección.

Lo penúltimo que quería era estar presente en su vida por un error. Lo último era estar fuera de su vida.

—No quiero que sea de ese modo.

—Lo que queremos no es siempre lo que conseguimos.

Pensó en todas las veces que había tenido que alejarse de amigos y cosas que significaban algo para ella. Después recordó la desesperación que había sentido por las infidelidades de su ex.

–Eso es completamente cierto.

–Permitámonos olvidar hoy que puedes estar embarazada de mi hijo –sonrió.

–¿Y a punto de perder mis sueños? Bien, puedo hacerlo.

–Bien. Vamos a Sounion y hacemos de turistas y después nos subimos al helicóptero como habíamos planeado y volamos a la isla al final de la tarde.

–¿Haremos el amor esta noche?

–¿Quieres que acordemos una cita? –bromeó.

–Sólo quiero saber que aún no has decidido que te has aburrido de mí.

–¿Cómo puedes sugerir algo así?

–Tú eres quien decía... ya sabes, no importa. Centrémonos en el presente. No en el pasado. Ni en el futuro y, definitivamente, no en la posibilidad de que hayamos empezado una dinastía tuya antes de lo que esperabas –por no mencionar que con la mujer que no había considerado que sirviera como madre de sus hijos sólo cuarenta y ocho horas antes.

–De acuerdo.

Y de algún modo, lo consiguieron. Aunque había que atribuirle casi todo el mérito a él. Cada vez que empezaba a preocuparse, parecía darse cuenta... y sabía qué hacer.

Capítulo 5

DESDE el aire, la vista de la última adquisición de Zephyr y Neo era increíble. Piper no tuvo ningún problema para imaginar esa isla como un oasis para los huéspedes. A diferencia de muchas otras islas llenas de rocas, ésa estaba cubierta de verde hierba y árboles. Había un gran olivar y lo que parecía un naranjal.

Sobrevolaron la aldea de pescadores, con sus tradicionales casas blancas con tejados rojos. Los barcos se mecían en el agua. Todos eran barcos pequeños.

Un círculo pintado de blanco a doscientos metros de la aldea sobre un acantilado, tenía que ser su destino. Le sorprendió que hubiera un helipuerto, había esperado una pequeña pista de aterrizaje y así lo comentó con Zephyr cuando se dirigieron caminando a la villa.

El joven que se había presentado a sí mismo como el nieto del ama de llaves insistió en llevar su equipaje.

—El patriarca prefería viajar en barco, pero sus hijos insistieron en un medio más rápido —respondió Zephyr a su comentario—. Y por qué helicóptero y no avión, no te lo sé decir. Supongo que se resistiría a hacer la excavación necesaria para construir una pista.

—Nosotros haremos esa excavación, ¿no? Quiero decir que los huéspedes podrán venir en avión.

El joven la miró con una expresión extraña.

Zephyr no pareció notarlo, pero negó con la cabeza.

–El objetivo de este centro será la relajación total. Empezará con un crucero de lujo desde el continente.

–Apuesto a que tú te quedas con el helicóptero –pero ella hubiera preferido el crucero.

–Yo no soy un posible cliente.

–Quizá deberías serlo.

–Quizá tú también. Podemos asistir juntos a la semana de inauguración –dijo abriendo la puerta principal.

Una anciana les dio la bienvenida antes de dar unas instrucciones rápidas a su nieto.

–Los jóvenes olvidan el decoro –dijo en perfecto inglés. Sacudió la cabeza–. Quizá debería ser pescador.

–Habrá mucho trabajo para quienes quieran, primero en la construcción y después cuando esté en funcionamiento.

–¿Dará primero la oportunidad a los de aquí? –preguntó esperanzada la anciana.

–Sí –dijo rotundo–. No queremos que los residentes se sientan desconectados de las instalaciones. Su participación es esencial.

El ama de llaves sonrió y los guió por el interior de la villa hasta un enorme salón de impresionantes vistas.

–¿Quieren un refresco? –preguntó.

–Su antiguo patrón hablaba maravillas de la limonada hecha con frutas de la isla.

–Mandaré a una chica con una bandeja –dijo encantada.

–Gracias. ¿Se ha informado al señor Tilieu de nuestra llegada? –preguntó Zephyr.

–Sí, aunque no sé cómo alguien no puede advertir el sonido de un helicóptero.

Piper se contuvo de sonreír, lo mismo que Zephyr.

–¿Usted prefiere viajar en barco? –preguntó Piper.

–Yo prefiero no viajar, que la gente monte en esas

cosas ruidosas es un misterio para mí –agitó las manos como para apartar el pensamiento.

–Algunas veces es necesario –dijo Zephyr.

–Si usted lo dice, *kyrie* Nikos –se marchó.

–Bonito, ¿verdad? –se dirigió a Piper.

–Absolutamente precioso. Podría pasar horas mirando por estas ventanas.

Se acercó a ella, pero no la tocó.

–Es hipnotizador. El atardecer será espectacular.

–¿Podremos verlo?

–Si ése es tu deseo.

–Has sido muy indulgente conmigo este viaje –aunque desde que le había hablado de su pasado mantenía una distancia que no podía ocultar.

El descubrimiento de esa mañana no había alterado eso, pero sí había provocado otros cambios en su conducta.

–Te mereces un poco de mimo.

–No me quejaré porque pienses así.

–Bien. Y hablando de malcriar, ¿quieres asistir a la inauguración conmigo?

–No tengo ninguna duda de que tú estarás, pero sinceramente dudo que vayas a disfrutar del descanso y la relajación que las instalaciones van a ofrecer.

–Me aseguraré de que aún seas mimada –aseguró él.

–¿Y tú?

–Yo ¿qué?

–¿No crees que podrías hacer que te mimen un poco?

–Me entregaré a los servicios del spa.

–Para probar su calidad, seguro.

–¿Y qué pasa si es así?

–Eres un adicto al trabajo –afirmó.

–Como tú.

–Me encanta mi trabajo –pero no era una adicta, cuando el negocio estuviera en marcha reduciría la jornada–. Pero nunca he querido que el trabajo lo fuera todo para mí.

–¿Entonces por qué consideras que ser madre supondría el final de tus sueños?

–No me refería a mi negocio.

–Entonces, ¿a qué te referías?

–No es algo de lo que me apetezca hablar ahora –no tenía sentido abordar su viejo sueño de casarse con un hombre que la amara y el más reciente de que ese hombre fuera él.

Zephyr abrió la boca para decir algo, pero antes de que pudiera se oyó una voz masculina.

–Por fin habéis llegado.

Se dieron la vuelta y vieron a un atractivo hombre negro.

–Ah, Jean-René –Zephyr se acercó a él con la mano tendida–, me alegro de verte. Se volvió hacia Piper–. *Pethi mu*, éste es nuestro arquitecto, Jean-René Tilieu. Jean–René, ella es Piper Madison, nuestra diseñadora.

Jean–René sonrió e hizo una reverencia sobre la mano de Piper más que estrecharla.

–Un placer excepcional, *mademoiselle*.

–*Merci*, estaba deseando trabajar contigo. Encuentro tu trabajo inspirador e impresionante.

–Ah, sabe que el camino al corazón de un hombre es la adulación, ¿no?

Zephyr la agarró de la cintura y dijo:

–Piper no adula, siempre dice la verdad.

Jean-René les dedicó una mirada especulativa y después la miró a los ojos y dijo serio:

–Entonces me siento doblemente honrado, *mademoiselle*.

–Piper, por favor.

–Un nombre interesante, *n'est-ce pas*?

–Lo debo a uno de los mentores de mi padre en el ejército –informó ella.

–Nunca me lo habías contado –dijo Zephyr mirándola.

–Es un poco embarazoso tener el nombre de un sargento que mascaba tabaco y disparaba pistolas con el mismo entusiasmo.

–Piper es un nombre femenino, ¿no? ¿Ese sargento era una mujer? –preguntó Jean-René.

–No –se echó a reír–. Piper era su apodo y nunca le pregunté por qué se lo pusieron.

–Seguramente fuera lo mejor –dijo Zephyr con humor.

–Eso fue lo que yo pensé –dijo ella.

–Dos grandes cabezas –dijo el arquitecto con su brillante sonrisa–. Este proyecto está en buenas manos.

–Sin duda. He estudiado tu trabajo a fondo y he trabajado lo bastante con Zephyr para saber que nuestras perspectivas van a encajar perfectamente –su única preocupación era cómo sería trabajar con el contratista griego, dado que era un perfecto desconocido para ella.

–*Très bien*. ¿Quieres que empecemos a discutir los aspectos iniciales en la cena o esperamos a mañana? –preguntó a Zephyr.

Zephyr la miró a ella y preguntó:

–¿Qué te parece?

–¿Está el comedor en este lado de la casa?

–No, pero podemos cenar aquí –respondió Zephyr.

–*Mais oui*, la vista del atardecer es *magnifique*. El de ayer fue glorioso.

–Entonces arreglado –se alejó de los dos hombres en dirección a la escalera–. Estoy deseando instalarme y seguro que vosotros también. ¿Cuál es mi habitación?

–He hecho que el ama de llaves nos ponga en la suite principal –esa vez no le había pedido su opinión y su expresión la desafió a que dijera lo contrario.

—Entonces nos vemos arriba —no iba a discutir, disfrutaba durmiendo con él.

Fue a la búsqueda de la habitación segura de que no sería difícil de encontrar. Cuando encontró una doncella deshaciendo su equipaje, se llevó la misma sorpresa que al ver la cama con dosel.

Estaba cubierta con una colcha de algodón blanca decorada con intrincados motivos más oscuros. Las ventanas francesas daban a un balcón que rodeaba toda la casa. El armario, el vestidor y las mesas estaban hechos de maderas oscuras. Resultaba fácil pensar que había sido la habitación de un hombre, pero le gustó. Mucho.

Disfrutando de la vista, se quitó la chaqueta y la dejó en el respaldo de un sillón de brazos que miraba a una gran chimenea preparada para encenderse. Interesante, si el tiempo era lo bastante frío, hablaría con el arquitecto de poner chimeneas en las principales zonas de las instalaciones.

—Perdón, ¿habla inglés? —preguntó a la doncella que estaba metiendo las maletas bajo la enorme cama.

—Sí.

—Estupendo, porque yo no sé griego.

—¿Es americana, sí? —preguntó la joven con una sonrisa.

—Sí. En el colegio estudié español —era el único idioma que sabía encontraría en cualquier instituto fuera donde fuera destinado su padre—. ¿Hace frío suficiente para encender el fuego?

—Algunas tardes, sí. No hace mucho frío, pero el fuego es bonito.

—Ya —sonrió—. Gracias.

—De nada.

—¿Cuándo dio instrucciones el señor Nikos de que compartiríamos la habitación? —se sintió ridícula, pero necesitaba saberlo.

—No lo sé —dijo un poco extrañada la doncella—, pero el lunes el ama de llaves me dijo que tuviera preparada la habitación para el señor Nikos y su invitada.

Así que había planeado compartir la habitación hacía tiempo.

Eso no era muy sorprendente. No hacían mucho esfuerzo por ocultar su relación, pero normalmente él no era tan descarado en lo relacionado con el trabajo. Antes de sus revelaciones de Atenas, habría tomado eso como una buena señal para el futuro de su relación. En ese momento sólo añadía confusión.

Antes de esa mañana no la consideraba adecuada como madre y esposa. También había dejado claro que no anticipaba entrar en una relación permanente con ella. Todo eso quedaba descartado si estaba embarazada, sin embargo. Algo sobre lo que no tenía ninguna duda. Si era así, él insistiría en casarse. Su afirmación de que no era como sus padre, dejaba claro que tendría un papel importante en la crianza de su hijo. Pero ella no estaba segura de qué quería.

Zephyr encontró a Piper sentada en un sofá en la terraza del dormitorio.

—¿Cansada?

—¿Qué? —lo miró con los ojos del mismo color que el mar—. No, sólo pensaba, trataba de aclarar cosas y cada vez estoy más confusa.

—¿Quieres un hombro sobre el que llorar?

—Esta vez no.

Frunció el ceño, no era la respuesta que esperaba.

—¿Te gusta la casa?

—Sabes que sí. Pero casa... Creo que mansión es más adecuado. ¿Cuántos dormitorios tiene?

—Doce, cuatro de ellos grandes suites como ésta.

–¿Cómo puedes decir entonces que ésta es la principal? -retó.

–¿Tú cómo lo has sabido?

–La doncella estaba deshaciendo el equipaje.

–Y por algo más, ¿no?

–¿Por qué otra cosa?

–Por la cama.

–Sí, no podría estar en otra habitación que no fuera la principal.

–Exacto –se puso delante de ella y tendió una mano que ella agarró–. Me alegro de que no vayamos a tirarla –algunas veces tenían que derribar para luego construir, esa vez no.

–¿Va a ser parte de las instalaciones? –preguntó no muy contenta con la perspectiva.

Tiró de ella, después ocupó su espacio y la sentó en su regazo.

–Al principio pensaba que podría serlo, pero cada vez que he venido me he sentido más unido al sitio. A Neo también le gusta. Creo que podemos quedárnoslo para uso personal, pero él tendrá que buscarse su propia suite principal, yo me quedo con ésta.

–¿De verdad?

–¿Por qué tan sorprendida? Estamos de acuerdo en que la cama es perfecta.

–No me refiero a eso –se movió hasta ponerse cómoda encima de él y eso tuvo un efecto previsible en el flujo sanguíneo debajo de su cintura–. No os veo a ninguno de los dos lo bastante relajados como para venir aquí.

–Se va a casar. Después tendrá críos. Es un buen sitio para traerlos. A Cass le gusta viajar, pero prefiere las residencias privadas a los hoteles.

–Eso tiene sentido.

–Sí –tiró de ella y la abrazó–. ¿Y tú puedes imaginarte pasando aquí unas vacaciones?

Suspiró mientras apoyaba la cabeza en su hombro.

–Muy fácilmente. Si tuviera una propiedad como ésta, no la dejaría para casa de vacaciones –el anhelo soterrado en su voz lo sorprendió–. No sé cómo lo harían los anteriores dueños.

–¿Cómo llevarías tu negocio desde aquí?

–Creía que los sueños no tenían que ser prácticos.

–Cuéntamelo –la rodeó con los brazos y disfrutó del momento de relajada proximidad.

Le encantaba estar con ella, lo que era el tipo de pensamiento peligroso que debía evitar antes de empezar otra vez a contar secretos. Se trataba de saber qué pasaba en su complicada cabeza, no de revelar más de la suya. Y tendría que recordarlo.

–Vivir aquí sería un lujo, pero para responder a tu prosaica pregunta, con Internet de alta velocidad, un buen servicio telefónico y una fax a color, podría llevar mi negocio desde cualquier sitio.

–Requeriría viajar mucho –sobre todo si seguía trabajando al ritmo que se había impuesto.

–Ya viajo mucho.

Sin embargo comprendía su deseo de vivir allí.

–Algunas veces se me olvida lo mucho que me gusta el sol, pero con unos pocos días en Grecia me he malacostumbrado a los cielos azules.

–No podemos exigir eso en Seattle –dijo ella con un suspiro.

–Es cierto. El primer año que Neo y yo vivimos allí pensábamos que nunca dejaría de llover.

–Seattle tiene cuatro estaciones.

–Y en las cuatro llueve.

–Cierto –dijo en un gruñido–. Pero es mejor que Nueva York con sus ventiscas, créeme.

–Aquí, sin embargo, el tiempo es perfecto –no se había marchado de Grecia huyendo del sol.

–Si te gusta un clima cálido.

–Como a mí.

–A mí también –suspiró–. Quizá debería haberme mudado al Sur de California cuando dejé Nueva York.

–No, no nos habríamos conocido.

–Puede que estuvieras mejor.

¿Qué? Él no pensaba así. Se movió para poder mirarla a los ojos y los vio turbulentos.

–¿Estás intentando decir que nuestra amistad ha ido en detrimento mío en algún sentido?

–Bueno, no es que yo sea la mujer que imaginas como la futura madre de tus hijos –en su voz resonó un dolor que él no esperaba.

–No he dicho en ningún momento cómo sería ella.

Tampoco lo había pensado nunca seriamente. Había pensado en ella en ese papel antes de empezar a acostarse con ella. Admiraba su carácter y había pensado que sería una excelente madre y esposa salvo por esa vena romántica que no le había curado su matrimonio roto.

–Pero no me considerarías a mí.

–Tienes razón –ésa había sido su decisión final.

Piper giró la cabeza por completo, pero antes ya había visto él la tristeza en sus ojos.

Oh, no, lágrimas no. Suavemente le giró la cabeza para que lo mirara.

–No porque no piense que serías adecuada, sino porque sé que jamás considerarías... ¿cómo llamarías a mis nebulosos planes de matrimonio? Un matrimonio concertado.

–¿Por qué tendría que ser así entre nosotros?

–¿Cómo podría ser si no?

–Por amor.

–¿Amor? –¿no habían hablado ya de eso?–. Si alguna vez he tenido propensión al amor, se terminó. El amor no siempre dura. Tampoco duran mucho los lazos de sangre.

—Así que sólo nos queda el negocio...

—La amistad verdadera puede durar —admitió.

—Como tu amistad con Neo.

—Sí.

—Es la única persona en toda tu vida que nunca te ha decepcionado, ¿verdad?

—A un nivel personal, sí —le pasó un dedo por los labios—. Bueno, en realidad, no. Tú jamás me has decepcionado tampoco.

—Hasta esta mañana —le tembló el labio inferior.

—No me has decepcionado.

—¿Cómo lo llamarías entonces?

—Es la verdad. Ya hemos asignado las culpas, ¿recuerdas?

—No creo haberlo entendido entonces —sonrió.

—Lo hemos acordado esta mañana.

—No ha sido un acuerdo, ha sido lo que has dicho tú.

—Tengo razón.

—Tienes lo que podríamos llamar una tendencia irritante a pensar que la tienes —le acarició el cuello.

—¿Qué puedo decir? Normalmente la tengo.

—Así que admites un cierto nivel de infalibilidad... —se apartó para mirarlo a los ojos.

—Naturalmente.

—Eres tan arrogante —sacudió la cabeza sonriendo—. ¿Por qué encuentro eso cautivador?

—Dímelo tú.

—Me acojo a la Quinta Enmienda.

—Estamos en Grecia —señaló él—, no en los Estados Unidos, aquí no rige.

—Apuesto a que la constitución griega tiene algo parecido que impide testificar en contra de una misma.

—Nos estamos saliendo del tema.

–Cierto –reordenó sus pensamientos–. ¿Por qué si confías en la amistad no crees que un matrimonio basado en ella podría funcionar?

–No he dicho que un matrimonio entre nosotros no funcionaría, pero fallaría a la hora de hacerte feliz –y eso era lo que le había hecho abandonar la idea.

–¿Por qué? ¿Planeas acostarte con otros?

–No, podría darte fidelidad –en eso no tenía ninguna duda–. Sin embargo, no podría darte algo igualmente importante para ti –hacía tiempo, en una conversación de sobremesa de una cena, ella le había dicho que seguía esperando el final de cuento de hadas con amor y príncipe azul.

Él era una rata callejera, no un príncipe, y el amor ni estaba ni estaría en sus previsiones.

–Hablas de amor otra vez, ¿no? –preguntó ella.

–Sí. ¿Puedes decir sinceramente que considerarías una propuesta de matrimonio sin él?

Ella se mordió el labio y apartó la mirada. Negó con la cabeza.

–Lo que yo pensaba.

–Así que... ¿dónde nos lleva esto?

–No lo sé –si estaba embarazada trataría de convencerla de que se casase con él al margen de los sentimientos.

Sabía que su despiadado interior se mostraría y ni siquiera lo sentiría. Si estaba embarazada ninguno de los sueños de los dos tenían preferencia. Se haría lo mejor para el niño. No sabía cómo se era padre, pero Neo y él se habían autoeducado en los negocios y habían tenido éxito. Con el mismo trabajo y dedicación, aprendería a ser padre. A diferencia de cuando era adolescente, no tendría que recurrir a libros usados y experiencias de primera mano. Podría permitirse consultar a los mejores educadores, leer los mejores libros y hacer todo lo necesario para ser el mejor padre posible.

–No quiero hacerme una prueba de embarazo de farmacia –dijo Piper tras un silencio.

–Esperamos a estar de vuelta en Seattle y conciertas una cita con tu médico. Sólo tenemos previsto estar aquí tres días.

–Se harán eternos.

No pudo mostrarse en desacuerdo.

El contratista llegó a la mañana siguiente y los cuatro se mantuvieron muy ocupados con los planos preliminares. Jean–René flirteó abiertamente con Piper haciendo que sonriera cuando la expresión de preocupación se colaba en sus ojos. Zephyr no se preocupó por el otro hombre, sabía que adoraba a su esposa y jamás la traicionaría. Además, había dejado claro que Piper y él estaban juntos.

La última noche, subieron las escaleras con una animada discusión sobre si colocar o no el edificio principal cerca de la villa o cerca de la playa al norte de la isla. Piper estaba a favor de la playa, pero al contratista le gustaba la idea de aprovechar las conexiones de agua y electricidad que ya existían.

Jean–René había hecho de abogado del diablo arguyendo a favor y en contra de los dos sitios.

Zephyr había tomado la decisión final y se había quedado con la playa. Los huéspedes apreciarían el acceso fácil al mar y la vista, sin ser majestuosa, seguiría siendo magnífica. Además, eso les dejaría a Neo, a él y a sus futuras familias un espacio más privado.

–Sabes, me recuerda un poco a Art –dijo Piper.

–¿El contratista?

–Jean– René. Flirtea todo el rato, pero sin carga sexual.

–Y así era Art.

–Sí. Me acusaba de ser inmadura y celosa, pero después de ver a éste en acción, tengo claro que su forma de flirtear era distinta.

–Sí, es francés y flirtearía con una abuela de noventa años del mismo modo que con una modelo.

–Se trata de arrancar una sonrisa sin que te sientas una presa sexual.

–¿Art no comprendía la diferencia?

–¿Cómo iba a hacerlo? Casi cualquier mujer era una presa sexual para él –dijo con disgusto.

–Yo no flirteo –apenas, sólo lo hacía con intención y desde que estaba con Piper no había querido seducir a ninguna otra mujer.

–No, no lo haces –se echó a reír y lo abrazó en las escaleras.

Le gustó el abrazo espontáneo. Aunque nunca se alejaba de sus demostraciones de afecto, se había mostrado más recatada a la hora de ofrecerlas desde que habían llegado a la villa. Sabía que era porque le culpaba por poder estar embarazada aunque había dicho que no. O quizá estaba respondiendo a su alejamiento para no hablar de temas personales.

Simplemente él no veía la necesidad de hablar del futuro cuando aún no sabían si estaba o no embarazada. También se resistía a hablar de su pasado.

La siguió hasta la habitación y cerró la puerta tras ellos.

–¿Estás lista para volver mañana a Seattle?

–No lo sé –dijo desde la ventaba tras un largo silencio.

–Es duro dejar esto –él empezó a quitarse la ropa.

–Pero quiero saber.

Una parte de él, una parte grande, tenía que reconocer si era sincero, quería que estuviera embarazada. Después podría ser egoísta y convencerla para que se casase con él.

La agarró de los hombros y le acarició la nuca.

–Tengo algo más interesante en que concentrarme que en una oscura vista.

–¿Sí? –se volvió a mirarlo con expresión suave y anhelante.

–¿Acaso lo dudas?

Negó con la cabeza y esperó, esperó a que la besara, la tocara, le mostrara que, al menos en eso, tenían algo perfecto. Y eso fue exactamente lo que él hizo.

Volaron de vuelta a Seattle en el avión privado de Zephyr. Cuando aterrizaron, supo que ya le había concertado una cita con el médico para la mañana siguiente. No se sorprendió por su excesiva eficiencia. Estaba un poco sorprendida porque hubiera conseguido una cita tan deprisa, ella nunca tenía tanta suerte.

Pasó la noche con Piper en el apartamento de ella. No hicieron el amor, pero la abrazó en la oscuridad protegiendo sus sueños y haciendo que se sintiera segura.

–Llamaremos mañana con los resultados –dijo la enfermera.

Piper se puso de pie y se dirigió a la camilla.

–Gracias. Le he dejado al doctor mi número de móvil.

–Claro. No creo que hayamos podido nunca conseguir hablar con su casa o su negocio.

–Viajo mucho.

–Debe de ser bonito –dijo la enfermera.

–Puede serlo –cuando se había mudado a Seattle le había encantado viajar, pero desde que era amiga de Zephyr, lo echaba de menos cuando estaba fuera.–. También puede ser agotador.

–Bueno, si el análisis sale positivo, puede contar con estar más cansada todavía –dijo con una sonrisa que no se podría haber descrito como tal.

¿Qué se suponía que debía responder a eso? ¿Gracias? Se concentraría en su embarazo si se confirmaba. Recogió su bolso.

–Bueno... adiós.

–Hasta pronto.

Raramente iba al médico... pero si estaba embarazada, eso tendría que cambiar, ¿no?

Capítulo 6

ZEPHYR la esperaba cuando salió.

–¿Qué tal ha ido?

–Un pinchazo y lista.

–¿Lo sabrán mañana?

–Eso me ha dicho la enfermera –había tratado de convencerle de que no la acompañara, pero él había insistido.

–Me alegro de no estar sola, lo que me hace sentir muy cobarde –admitió ella.

–Estás afrontando la posibilidad de un cambio vital de gran calado, eso sólo puede ser desconcertante. No es debilidad.

–Bueno, me alegro de que estés aquí.

–Me alegro de estar.

–¿Tienes que ir hoy a la oficina? –dijo mientras entraban en el Mercedes.

–No, pero he prometido cenar con Neo y Cass esta noche.

–Ah, muy bien –sonrió–. Si puedes dejarme en mi apartamento. Iré en coche a la oficina desde allí.

O cerraría las persianas, se leería la biografía de Coco Chanel y se comería una pinta de helado de chocolate que tenía en el fondo del congelador. Al fin y al cabo, era su propia jefa y podía no ir a trabajar.

–La cena no es hasta esta noche y esperaba que vinieras conmigo.

–Oh.

–No tengo intención de dejarte sola para que le des vueltas.

–¿Quién dice que le voy a dar vueltas? –la conocía demasiado bien.

–Somos amigos desde hace años.

–¿Se supone que eso te permite leer la mente?

–Me gustaría... –sonrió–, pero simplemente te conozco.

–Desde luego que sí.

–Así que... ¿cena con Cass y Neo?

–Claro –se mordió el labio y miró por la ventanilla–. Tú conoces a Cass y yo no.

–Lo sé, ya es hora.

–Porque puede que esté embarazada.

–Porque eres mi íntima amiga lo mismo que ellos –explicó.

–¿Así que por eso tenemos que conocernos?

–Naturalmente.

–De nuevo tu arrogancia...

–Pero recuerda, la encuentras cautivadora.

–Es mejor para ti que sea así.

–¿Necesitas trabajar hoy? –preguntó él.

–Tengo algunas cosas que hacer, proyectos que terminar antes que lo tuyo me absorba por completo –pero no quería ocuparse de ninguno de ellos.

–¿Es eso lo que quieres hacer?

–No.

–¿Entonces?

–Tengo una pinta de helado de chocolate en mi congelador con mi nombre escrito –dijo.

–¿De verdad? No tenía ni idea de que te llamaras triple chocolate.

–¿Has estado fisgando en mi nevera? –dijo ofendida de broma.

–Los magnates nos morimos por el chocolate, hasta los griegos.

–¿Te has comido mi triple chocolate? –esa vez el tono de ofendida fue auténtico.

–Claro que no. Me he comido las cerezas bañadas escondidas debajo de la comida vegetariana que nunca te comes, pero que compras para sentirte mejor.

–Me gustan las cerezas bañadas.

–Con una saludable ración de dulce, quizá...

–De acuerdo, soy adicta al chocolate, ¿es eso un crimen?

–En Seattle no, se consume más chocolate con café que en algunos países pequeños –estaba de buen humor y a ella le gustaba.

–Oh, un helado de café con chocolate sería delicioso –¿podría tomar cafeína si estaba embarazada?–. Aunque sea descafeinado.

–Bueno, iremos a una cafetería y nos lo llevaremos.

–¿Por qué no nos quedamos allí?

–Porque yo te concedí el capricho de los museos en Atenas y hoy es mi día de caprichos.

–¿Quieres ir a un museo?

–Tengo otras obsesiones –dijo deteniéndose frente a una cafetería.

–¿Sí? Además de hacer dinero, no sabía de otras.

–Cierto. Seguramente eres la única persona en el mundo además de Neo que sabe la mentira que es eso –se dedicaron una mirada llena de significado–. Tú eres una de esas obsesiones.

–Te estás volviendo un pico de oro, ¿lo sabías?

–Siempre he sido bueno con la boca.

–Eso puede decirse en más de un sentido.

–Tú deberías saberlo.

Sintió que su ruborizaba a pesar de su historia juntos. Aun así, se mostró de acuerdo:

–Lo sé.

El joven camarero carraspeó. Con un rubor más oscuro que el de Piper, le entregó a Zephyr las bebidas. Zephyr sacó el coche del aparcamiento.

–Tú no eres mi único interés, sin embargo.

–Mis sentimientos podrían verse heridos si no hubieras minimizado lo que sea que vayas a decirme al pasar de obsesión a interés.

–Me gustan los peces.

–Ya lo había notado –su mirada se preguntó dónde quería llegar–. Los comes con más frecuencia que la ternera o el pollo.

–No para comerlos, para mirarlos.

–¿Quieres ir a ver ballenas? –adivinó.

–Hoy no. Estaba pensando en el acuario –no era eso lo que ella esperaba escuchar.

–Quieres ir al Acuario de Seattle... pero si es para niños.

–Yo no pienso así.

–¿De verdad... has ido?

–Varias veces.

–Imposible.

–Voy cuando necesito un sitio donde pensar. Mirar los peces es relajante.

–¿Con todos esos niños alrededor?

–Me gustan las familias felices.

En algún punto encima del Atlántico, Zephyr se había convencido de que Piper estaba embarazada. A pesar de las escasas probabilidades después de años de usar los parches. Por consiguiente, tenía que convencerla de que casarse con él era una buena opción de futuro, incluso sin amor. No podría darle amor, pero era consciente de que podía darle más de sí mismo. Iba en contra de su deseo de autoprotección, pero en ese momento consideraba que haber compartido su pasado con ella había sido un brillante movimiento táctico. Piper necesitaba sentirse conectada emocionalmente con la gente que le importaba. Había visto el efecto que lo que le había contado había tenido sobre ella. Se había acercado más aunque él había intentado pasar a un nivel más superficial de intimidad emocional. Pero con su fututo hijo en camino, podía y quería tener una conexión más fuerte con ella, aunque no pensaba hacerse vulnerable al amor romántico.

Ir al acuario no era algo muy romántico, pero le permitiría a Piper atisbar una parte de su vida que no compartía con otras personas. No era mucho, pero su instinto le decía que compartir ese hábito con ella funcionaría en el sentido de convencerla de que podrían ser un matrimonio lo bastante fuerte como para criar unos hijos.

Piper disfrutó en el acuario más de lo que pensaba que lo haría. Mucho más, pero lo que le pareció más intrigante era ver el modo en el que Zephyr miraba al resto de la gente que estaba allí. Estaba segura de que no tenía ni idea de lo mucho de su interior que revelaba su expresión. En su rostro se dibujaba una sonrisa cada vez que un niño mostraba su entusiasmo a su padre o su madre. Miraba las travesuras de los más pequeños con una sonrisa indulgente.

–De verdad disfrutas aquí, ¿eh? –le dijo en el túnel de cristal de peces exóticos.

–Mucho –dijo con expresión nostálgica–. Todo el mundo tiene vidas normales.

–Eso es una presunción.

–Así es –sonrió sincero.

–Tú tienes una vida normal. Ahora.

–¿Sí?

–Sí, claro –dijo ella.

–Soy un magnate adicto al trabajo que dedica la mayor parte de su tiempo a ganar dinero y crear lugares para que otra gente disfrute.

–Pues dedica algún tiempo a disfrutar tú.

–¿Solo?

–Ahora no estás solo –si no lo hubiera conocido tan bien habría pensado que estaba dando argumentos para demostrar lo mucho que necesitaba tener una familia.

–No, no lo estoy.

–¿Eso te hace feliz? –no pudo evitar preguntar.

–Sí, me gusta estar aquí, en uno de mis lugares favoritos, contigo.

–Es especial –se puso de puntillas y lo besó en los labios–. Gracias.

Los dos se echaron a un lado cuando un niño pasó corriendo a su lado con su hermano detrás mientras sus padres les decían que fueran más despacio.

–Disculpen, están locos con las nutrias –dijo la madre.

–No pasa nada, suerte de tener hijos activos.

–Es una forma de verlo –dijo con una sonrisa y salió tras ellos.

–Tú quieres tener hijos por algo más que dejar una herencia –dijo Piper.

–Sí –la miró con un anhelo que ella empezaba a comprender que salía de su alma.

–Serás un padre maravilloso –le hizo una caricia en la mejilla.

–Eso espero sinceramente.

Cass llevaba un bonito vestido cuando abrió la puerta del apartamento de Neo a Zephyr y Piper. Sonrió y abrazó a Zephyr.

–Cuánto tiempo. ¿Qué tal Grecia?

–Cálida y preciosa.

–Parece que te has tomado tiempo para notarlo. Cuando Neo me dijo que te ibas a tomar unas minivacaciones antes de ir a la isla, casi me desmayo. Me alegro.

–Eh, no soy tan mal socio.

–Sólo un robot puede trabajar las horas que trabajaba Neo antes de conocernos, pero se está reformando.

–Ya lo he notado –dijo él.

–Por favor, dime que vas a hacer que Zee trabaje menos, también él necesita a alguien –se dirigió a Piper.

–No contestes a eso –exigió Zephyr y añadió–. *Gineka mu*, ella es la prometida de mi mejor amigo, Cassandra Baker, pianista y compositora de fama mundial. Cass, ella es Piper Madison, brillante diseñadora y muy buena amiga.

Cass alzó las cejas hasta la línea del cabello y Zephyr se dio cuenta de que había cometido un error al utilizar el término de «amiga». Sin duda Neo hacía mucho que le habría contado las implicaciones asociadas a él. Implicaciones con las que cada vez se sentía más cómodo.

–Así que lo que os une es tu trabajo –dijo Cass tomando las dos manos de Piper.

–Empiezo a pensar así, sí –lo miró por el rabillo del ojo–. Los buenos amigos tienen que cuidarse.

–Ése es un argumento que Zee empleaba cuando me hablaba de recibir las clases de piano que cambiaron mi vida –dijo Neo apareciendo en el vestíbulo–. ¿No deberíamos pasar todos al salón? Se está más cómodo sentado.

Dedicó a Piper una sonrisa que pareció sorprenderla, pero la devolvió y dijo:

–Me alegro de volver a verte, Neo.

Cass se la llevó de la mano mientras Neo abrazaba a Zephyr al modo tradicional griego.

–Me alegro de tenerte de vuelta en Seattle.

–Ya echo de menos la isla.

–Siento lo mismo cada vez que me marcho de allí –reconoció Neo–. Es un sitio especial.

–Tan especial como para considerar hacerla parte de mi vida normal.

–¿En serio?

–¿Qué te parecería delegar un poco más de responsabilidad en nuestro bien entrenado personal y llevarnos las oficinas a la isla?

–¿Lo dices en serio? –abrió mucho los ojos.

–Nunca he hablado más en serio.

–Ha sucedido algo.

–Estoy preparado para hacer cambios en mi vida –se encogió de hombros.

–¿Tienes noticias que contarme?

–Aún no.

–Pero ¿las habrá? –presionó.

–Quizá.

–Vas a tener que hacerlo un poco mejor.

–Dame hasta mañana.

Neo no presionó más. Cass lo habría hecho. Zephyr podía sentirse agradecido de que su amigo no sacaría él tema con las mujeres delante.

Entraron al salón donde ya estaban Piper y Cass sentadas en el sofá viendo unas fotografías del viaje a Grecia en el portátil de Piper.

–No me había dado cuenta de que habías traído eso –dijo Zephyr sentándose al lado de ella.

Neo se sentó junto a su prometida.

–He pensado que podría interesarles tu viaje.

–Nuestro viaje.

–Nuestro viaje –puso los ojos en blanco.

–Me gustaría ir a esos museos cuando vayamos –dijo Cass a Neo.

–Pues habrá que añadirlo a la agenda –la besó en la sien.

–¿Vais pronto a Grecia? –preguntó Piper.

–De luna de miel –dijo Cass.

–Creo recordar que habías estado allí en una gira cuando eras más joven.

–Sí –Cass pareció un poco sorprendida–. ¿Has leído sobre mí?

Piper se ruborizó, pero sonrió.

–Cuando Zephyr me dijo que Neo se iba a casar, sentí curiosidad por la mujer que había conseguido provocar en él una conducta tan humana.

–Guau –Cass se echó a reír–. Y me habías dicho que sólo Zephyr te conocía bien...

–He trabajado unas cuantas veces para Stamos & Nikos –dijo Piper–. He coincidido con Neo en un par de proyectos, aunque él no los coordinaba.

–¿Y me encontraste inhumano? –preguntó Neo haciéndose el ofendido.

–Eras tan intimidante que di gracias de que no fueras el coordinador del proyecto –hizo un guiño de complicidad a Cass–. Pensaba que Zephyr era mucho más tranquilo y sería más fácil trabajar para él.

–Pero después comprendiste la verdad –dijo Cass con una mirada de sorna a Zephyr.

–Me llevó un poco, pero sí.

–Así que ¿no crees que sea más fácil trabajar conmigo? –Zephyr fingió estar conmocionado.

–Creo que a cualquiera que sea excelente en su trabajo, que cometa un mínimo de errores si no ninguno, y que comprenda lo seriamente que te tomas el éxito de cada proyecto que emprendes, le parecerás un gatito.

–Son muchas condiciones –dijo Neo entre risas.

–Creo que ella ha hecho un admirable trabajo de diplomacia –dijo Cass a su prometido.

–No sé si ha sido una difamación o una alabanza –admitió Zephyr.

–¿Lo ves? Diplomática –bromeó Cass.

–Zephyr, tú eres un hombre asombroso, como Neo, pero eres un poco sobrehumano para el resto de nosotros. Ocultas tu intensidad tras tu encanto.

–¿Estás diciendo que no soy encantador? –protestó Neo.

Piper hizo como que cerraba la cremallera de sus labios y todos rompieron a reír.

–No te preocupes, Supermán, me gustas tal y como eres –dijo Cass a Neo.

Al ver a sus amigos así, Zephyr solía sentir una punzada de envidia, pero esa noche sentía más esperanza porque Piper también los veía. Y quizá así pensaría que un niño de la calle griego reformado no era mal partido.

–¿Arrogante y todo? –preguntó Neo.

–Eso es parte de tu encanto –dijo Cass dándole una palmada en la pierna.

–Ves, yo también tengo encanto –dijo Neo, mirando a Piper.

–También puedo atestiguar la arrogancia –dijo Piper con una sonrisa–. Zephyr y tú la tenéis en mayores dosis que la media.

–¿No te ha dicho él que está justificada?

–Eso es cierto –corroboró Zephyr.

Piper y Cass se echaron a reír.

–¿Quieres ver las fotos? –preguntó Piper a Neo.

–Claro. Quiero ver pruebas de Zee haciendo turismo.

–Bueno, aquí está regateando con un joyero por una gargantilla.

Pasó una de las fotografías que él no sabía que Piper había hecho.

Se le veía en animado conversación con un hombre de unos veinte años más que él.

–Creía que no se regateaba en las tiendas de verdad –dijo Cass–. He leído sobre Grecia.

–¿Qué daño puede hacer intentarlo? –preguntó Zephyr–. Era una pieza cara. Si quería sacarla ese día, tenía que ofrecerme un incentivo.

–¿Y lo hizo? –preguntó Cass.

–¿Hace falta preguntarlo? –dijo Piper entre risas–. Claro. Nadie dice no al magnate Zephyr.

–Recuerda esa frase mañana –dijo Zephyr entre dientes. Pero los tres la oyeron y lo miraron intrigados–. Enséñales las fotos de Atenas desde la Acrópolis –cambió de tema.

–Da lo mismo –dijo Cass–. ¿Tú sabes de qué habla?

–Sí, y no es algo que resulte cómodo discutir ahora –miró a Zephyr con el ceño fruncido.

–¿Tiene algo que ver con que me haya propuesto llevarnos las oficinas a la isla? –preguntó Neo.

–¿Que has hecho qué? –exigió Piper conmocionada de un modo evidente.

–¿Qué? –intervino Cass mirando a Neo confundida–. ¡Me habías dicho que habría que esperar a hablarlo con él hasta que lleváramos casados al menos un año!

–¿Cass y tú ya lo habéis hablado? –preguntó Zephyr sorprendido también.

–Hemos hablado de diferentes opciones para el futuro. Cassandra quiere tener la experiencia de vivir en otras partes del mundo y yo quiero que sea muy feliz –dijo Neo.

Zephyr miró a Piper para ver cómo se tomaba la conversación. Ella lo miraba con intensidad.

–Vas a retirar todas las barreras si ese análisis es positivo, ¿verdad?

–¿Esperarías algo distinto? –dijo despiadado, pero sincero.

–Supongo que no. Trataba desesperadamente de no pensar en ello.

–Lo siento.

–¿Por mostrar tus cartas demasiado pronto?

–Por hacerte pensar en ello.

–¿En qué estamos pensando exactamente? –preguntó Neo.

Hubo un silencio y Cass dijo:

–Déjalos en paz, Neo –suspiro–. Además es evidente que es algo de lo que Piper no quiere hablar antes de estar segura en uno u otro sentido.

–¿Qué sentido? –preguntó Neo en tono de queja.

Otro silencio.

–Bueno, ¿qué hay para cenar? –preguntó Piper echándose a reír.

El resto de la velada fue bien. Cass mantuvo a Neo a raya y Piper ignoró todas sus preguntas. Pero cuando salieron de casa de Neo, Piper se dirigió hacia el ascensor en lugar de a casa de Zephyr.

–¿Adónde vas? –le preguntó él.

–A casa –suspiró y lo miró–. Necesito un poco de tiempo para mí misma.

Sintió una punzada en el mismo sitio que cuando su madre lo dejó en el orfanato.

–¿Estás segura? –consiguió preguntar–. Pareces dormir bien entre mis brazos.

–No estoy segura de si voy a dormir algo.

–Mayor razón para que no estés sola.

–Lo siento –sacudió la cabeza y le dedicó una mirada triste.

Que no era bueno rogar cuando alguien quería dejarte era una lección que había aprendido de pequeño. Dio un paso atrás.

–¿Me llamarás cuando sepas algo?

–Por supuesto.

Pero no lo hizo.

Zephyr se obligó a esperar hasta después de la comida para llamarla. Para entonces el médico tenía que haber hablado con ella. Su llamada, sin embargo, la atendió el contestador. No dejó mensaje. Una hora más tarde, llamó a casa de ella, de nuevo otro contestador. En la oficina, su secretaria atendió el teléfono y le informó que no se la esperaba en la oficina.

Fue más tarde a la oficina después de haber vuelto a llamarla.

–Tienes un aspecto horrible, ¿qué pasa? –preguntó Neo.

Zephyr se lo contó. Todo.

–Deberías haberla llevado antes a conocernos a Cass y a mí –fue lo primero que dijo Neo.

–¿Por qué?

–Llevas meses acostándote con Piper y sois amigos desde hace años. ¿Cómo no sabía yo esto?

–Sabías que éramos buenos amigos.

–No tan buenos –sacudió la cabeza–. Ella es la razón por la que me decías que el sexo con una amiga estaba muy bien, ¿no?

–Sí.

–¿Has estado con alguien más desde que empezaste tu relación con ella?

–¿Crees que eso es de tu incumbencia?

–Seguramente no, pero responde de todos modos –insistió Neo.

–Una vez, cuando pensaba que iba a ser una relación de sólo una vez.

–¿Y eso no te dice nada?

–¿Qué? Me gusta la intimidad con Piper. Estoy demasiado ocupado con la empresa como para tener relación con más mujeres.

–¿Estás mal de la cabeza?

Zephyr recordó haberle dicho a Neo una vez lo mismo respecto a Cass.

–Eso no es así. Los dos sabemos lo que teníamos y lo que no teníamos.

–¿Y ahora?

–Y ahora a lo mejor está embarazada.

–¿Y eso lo cambia todo?

–Naturalmente.

–¿Por qué?

–Y tú lo preguntas –por como habían crecido esperaba que él lo entendiera.

–No me entiendes. ¿No te das cuenta de que ella piensa que te casas con ella sólo porque está embarazada?

–Es que ésa es la única razón. Si no, ni lo habría considerado.

–¿Por qué diablos no?

–Ella se merece algo mejor.

–Tú eres el mejor.

–Tú tienes prejuicios –pero su rotunda afirmación era agradable de escuchar.

–Soy tu hermano, como dice Cass. Eso supone que tengo permiso.

Zephyr sintió una calidez que no había sentido en décadas, pero no lo demostró.

–Pues deja un momento tu perspectiva y míralo desde el lado de Piper.

–No veo la diferencia –en los ojos de Neo había algo que se parecía demasiado a la lástima para que Zephyr se sintiera cómodo–. Eres un buen hombre, Zephyr.

—No he dicho que no lo sea —sólo que Piper se merecía algo mejor.

—Entonces, ¿cuál es el problema?

—Quiere estar enamorada de su siguiente marido —explicó Zephyr—. Como le estuvo de Art.

—¿Y tú no la amas?

—No.

—¡No me lo creo!

—El amor no le funciona a todo el mundo —en eso sí creía al cien por cien.

—Tienes razón —suspiró Neo—, pero darte por vencido sin probar no es propio de ti.

—Algunas veces probar es la cosa más estúpida que se puede hacer.

—No pareces tú.

—Y tú pareces un disco rayado —replicó Zephyr.

—Bueno, pues di algo que me haga comprender esa actitud derrotista.

—Anoche se marchó.

—Cuando tú querías que se quedase —afirmó, lo conocía demasiado bien.

—Dijo que lo sentía —lo que había dicho su madre una y otra vez.

—También dijo que te llamaría, ¿no?

—Sí.

—Pues confía en que lo hará.

—¿Cuándo? —saltó Zephyr.

—Cuando esté preparada.

—No eras tan complaciente con Cass.

—Yo estaba enamorado de Cassandra —retó con la mirada.

Parecía que si no estaba enamorado, no tenía derecho a preocuparse o estar impaciente.

—Como no voy de héroe romántico, tengo que esperar para saber si mi amante está embarazada...

–Tienes que esperar porque ella llamará cuando esté preparada, no antes.

–De eso ya soy consciente.

Neo lo miró como si fuera una especie recién descubierta.

–Aún no puedo creer que hayas tenido una amante casi un año y no me lo hayas dicho.

–No la consideraba mi amante.

–Amigo mío, esto va cada vez mejor. ¿Cuándo ha cambiado eso?

–En Grecia.

–Ese viaje ha tenido mucho impacto incluso antes de la pérdida del parche.

–Si tú lo dices...

–Lo que yo diga no importa. Lo que importa es lo que digáis Piper y tú.

–Ella ha dicho que iba a llamar y no lo ha hecho –casi rugió Zephyr.

–Ten paciencia y cree en vuestra amistad si no crees en otra cosa.

–No tengo más opciones.

–Entonces haz que te funcione la que tienes, que es lo hacemos los hombres como nosotros. No abandones.

Neo se fue y Zephyr se obligó a concentrarse en el trabajo, tenía un montón de papeles encima de su mesa. Eran las nueve de la noche cuando se rindió y salió de la oficina.

Piper seguía sin llamar aunque la había llamado cada hora desde después de comer.

Piper estaba sentada fuera del acuario viendo pasar a niños y adultos. Tenía una mano apoyada en el vientre. No se sentía diferente. Su cuerpo no había cambiado, pero dentro de ella crecía un bebé. Su bebé. El bebé de

Zephyr. Debería haberle llamado nada más saberlo, pero no había podido. Tenía que pensar y no podía hacerlo con él cerca.

Amaba a un hombre que había hecho un gran esfuerzo para asegurarse de que ella entendiera que jamás la amaría. Y ese hombre iba a pedirle que se casara con él.

En un mundo normal, eso debería suponer una negativa inmediata por su parte. Antes de conocer y amar a Zephyr, no habría considerado la posibilidad de casarse con un hombre que no la amara, pero tenía que entender a Zephyr. En su mundo, el amor sólo garantizaba el sufrimiento. Su historia lo dejaba claro. Había querido a su madre y ella lo había abandonado. Había querido a sus hermanos, y se los habían arrebatado. Aunque llegara a amarla a ella, jamás lo admitiría.

Una de las preguntas a las que le daba vueltas en la cabeza era a si podría aceptar eso y casarse con él. No tenía ninguna duda sobre su capacidad para criar a su hijo ella sola. Zephyr además podría ser parte de la vida del niño aunque no se casaran. Pero no podría ser un padre a tiempo completo si no vivían juntos. Y Zephyr no se iba a contentar con una media jornada como padre. Además que no se casara con él no significaba que él no se fuera a casar nunca. Lo que llevaba a otra cuestión: ¿podría soportar permanecer al margen mientras él formaba una familia con otra mujer? ¿Podría soportar ver a su hijo sólo la mitad del tiempo con su padre mientras otros lo disfrutaban todo el tiempo?

A diferencia de lo que le ocurría a Zephyr, estar en el acuario no le daba respuestas.

Zephyr entró en su apartamento vacío y se enfadó al ver que el personal de limpieza había vuelto a dejarse encendidas las luces del salón. Había pasado casi una semana desde que se suponía que Piper tenía que haber llamado. No estaba en su trabajo, según su asistente. Había ido a su apartamento, pero no había abierto la puerta. Su teléfono estaba apagado y al final había dejado de llamar. El temor de haber sido abandonado estaba vivo dentro de él, pero lo ocultaba, incluso a Neo. No podía soportar la sensación de desvalimiento que sentía dentro cada hora que pasaba sin que ella llamase. ¿Había perdido a su amiga? ¿Iba a intentar mantenerlo lejos de su hijo si además estaba embarazada? Si lo estaba, no iba a apartarlo de su hijo. Sería parte de su vida aunque no se casase con su madre. Lucharía por la custodia. Ella sería la de los fines de semana, si no quería casarse con él. Cualquier juzgado le daría la razón.

Disgustado por el rumbo de sus pensamientos, se quitó la corbata y entró en el salón. Se quedó paralizado ante la visión que encontró. Piper estaba acurrucada en su sofá bajo una manta. Como si hubiera notado su presencia, parpadeó y abrió los ojos.

–Hola –dijo alzando la vista.

–Me dijiste que llamarías.

–No podía, tenía que pensar.

–¿Y me haces esperar casi una semana?

Hizo una mueca por la frialdad de la voz.

–Decidí que no era algo para hablar por teléfono, pero... quizá debería haber llamado para decírtelo.

–Sí, deberías. He estado preocupado. He ido a tu apartamento y no abrías la puerta.

–No estaba. Me marché a mi lugar favorito para pensar después de probar con el tuyo.

–¿Dónde es eso?

–La playa.

–¿No podías haberme hecho saber que estabas fuera de la ciudad?

–Si hubiera hablado contigo, me habrías convencido para verte.

–Quizá porque era lo que los dos necesitábamos –en su voz se notaba la frustración–. Al menos podías haberme dicho que me esperarías hoy aquí.

–Debería –se sentó y se apartó el pelo de la cara. En la playa no había encontrado ninguna paz–. Estaba tan cansada... y pensaba que vendrías después de trabajar, no me he dado cuenta de que trabajas hasta muy tarde.

–No es tan tarde.

–Cómo que no.

–¡Maldita sea! Vamos al grano. Si hubiera sabido que estabas aquí, habría venido inmediatamente –respiró hondo para evitar alzar la voz–. Estaba preocupado. ¿Eso lo entiendes? –¿le importaba?–. He llamado a tu móvil una y otra vez.

–Lo tenía apagado –bajó la vista.

–Ya me he dado cuenta.

Ella asintió, se puso de pie, se acerco a él y lo miró a los ojos. En el azul de sus ojos había emociones que él no comprendía.

–Cuéntame –exigió él con tono más suave.

–Siento no haber llamado. Ha sido desconsiderado y egoísta por mi parte. Debería haberlo hecho por mucho que me costase. He pensado mucho, pero nada tenía sentido lo mirara desde donde lo mirara. Cuando he llegado hoy eran más de las cuatro. He pensado que me echaría una siestecita y tú estarías aquí y podríamos hablar.

–Y me he quedado a trabajar hasta tarde para tratar de no pensar en que no llamabas.

–Esta situación asusta, Zephyr.

–Estoy de acuerdo, pero pensaría que dos amigos afrontan mejor el miedo juntos que por separado.

–Seguro que tienes razón –apartó la mirada–. Sabía... sabía que querrías casarte y yo no sabía qué quería hacer.

—Así que estás embarazada.

—Sí –lo miró otra vez a los ojos–, o somos muy desgraciados o tenemos mucha suerte, depende de cómo se mire.

—¿Tú cómo lo miras?

—Mucha suerte. ¿Cómo si no? Me emociona tener un hijo tuyo aunque toda la situación me dé miedo.

Al notar su fragilidad, la abrazó con la esperanza de poder convencerla de los planes que había concebido esos días.

—¿De qué tienes tanto miedo?

—De muchas cosas.

—¿Qué es lo que más te asusta?

—Que acceda a casarme contigo y después tú acabes enamorándote... de otra.

¿Eso era lo que le daba más miedo? No le habría dejado más estupefacto si le hubiera dicho que le daban miedo los extraterrestres.

—No me voy a enamorar de otra mujer.

—Eso no puedes saberlo seguro.

—Sí puedo. Confía en mí, Piper. No hay ninguna posibilidad.

—¿Crees que hay alguna posibilidad de que algún día te enamores de mí? –enterró el rostro en su pecho esperando su respuesta.

Deseó mentir, haría todo mucho más fácil, pero no podía.

—Si fuera capaz de enamorarme, ya lo habría hecho.

—¿De verdad crees eso?

—Completamente.

—Todo el mundo es capaz de enamorarse.

—Eso es discutible.

—Sí, supongo que sí –sonrió–. Hay cierta gente que

argumenta ese punto de vista de un modo convincente, sin embargo nunca te he considerado uno de esos.

–¿Que más te da miedo?

–Ah, lo normal. Lo que pasará con mi negocio, qué pasa si pierdo el bebé, qué pasa si soy una madre terrible, si me pondré como una ballena, si seré capaz de aprender griego... –contuvo las lágrimas.

–Vas a casarte conmigo –¿para qué más querría aprender griego?

–¿Qué voy a hacer si no? He contemplado la situación desde todos los puntos de vista y, si no me caso contigo, tendremos que compartir la custodia y no soy tan ingenua como para pensar que te vas a conformar con ser un padre de fin de semana. Acabaremos en un juzgado.

–Yo...

–No trates de negarlo.

–No iba a hacerlo.

–Bien –le temblaron los labios–. No podemos construir un matrimonio con mentiras.

–De acuerdo.

–Aun así el tema de la custodia no era lo que más me preocupaba.

–¿No? –¿qué podía preocuparle más?

–No, era la certeza de que, si no me casaba contigo, algún día te casarás con otra y formarás una familia.

–¿Te preocupa que me case con otra? –preguntó sólo para aclarar las cosas.

–Claro que me preocupa, te amo.

–¿Me amas? –algo dentro de su pecho se hizo pedazos.

–Sí.

–Como amiga –intentó.

Le pasó los brazos por el cuello y negó con la cabeza haciendo que las lágrimas le salpicaran.

–No, no como amiga.

–No podrás convencer a nadie de que me amas como a un hermano.

Volvió a negar con la cabeza y en sus labios apareció una misteriosa sonrisa.

–Como al único hombre en el universo, como a la otra mitad de mi corazón, como a esa parte de mi alma que ha estado perdida toda mi vida hasta que te conocí.

Se habría tambaleado si no hubieran estado abrazados.

–¿Así era como amabas a Art? –no supo por qué hizo esa pregunta.

–Lo que sentía por Art no era siquiera una sombra de lo que siento por ti.

¿Podía creer eso? Y si lo hacía ¿qué diferencia suponía? Su madre también lo había querido, pero lo había abandonado cuando había tenido que elegir.

–Y aun así no has llamado.

–Amarte no me hace perfecta, ni tampoco evita que pueda ser egoísta. De hecho me hace pensar mucho en mí porque me hace muy vulnerable. Quiero casarme contigo para que no puedas dejarme –las lágrimas se notaban en su voz–. Quiero pasar contigo el resto de mi vida, y deseaba tanto estar embarazada que no pude dormir la noche antes de la llamada del médico.

–¿Querías estar embarazada? –preguntó, ignorando la culpa que sentía.

–Sí, más que nada. Lo que seguro que hace que te preguntes si perdí el parche a propósito, pero te juro que no fue así.

–Claro que no, pero ¿por qué querías estar embarazada?

–¿Me has escuchado algo? Sabía que un bebé me uniría a ti. No porque no sea perfectamente capaz de ser madre soltera, sino porque tú no querrías que lo fuera.

Me da vergüenza sentir de ese modo, pero no puedo evitarlo. Jamás lo habría hecho a propósito, pero no disimularé que me siento muy afortunada. Lo que seguramente te hará reconsiderar si deberías casarte conmigo o no.

—Y si lo deseabas tanto, ¿por qué has desaparecido tantos días?

—Porque cuando tuve lo que pensaba que quería, vi la imagen de toda una vida casada con un hombre que no me ama, y me asusté.

—¿Has sido tan infeliz los últimos meses?

—No.

—Entonces, ¿por qué habrías de serlo siendo mi esposa? —su razonamiento era ilógico.

—Espero no serlo.

—Me aseguraré de que no lo seas —iba a volver a acusarlo de arrogancia, pero antes de eso, decidió ofrecerle su propia verdad—. Yo también quería que estuvieras embarazada y me alegra mucho que hayas decidido casarte conmigo.

No pudo resistirse a la expresión que sus palabras habían provocado en su rostro, la besó largamente.

—¿Crees que nuestro mutuo egoísmo es reprochable? —como si la respuesta importase.

—Creo que hace tiempo que los dos estamos encantados con el resultado, lo otro no importa.

—Creo que puedes tener razón —lo miró a los ojos—. ¿Podemos hacer el amor ahora?

—¿Es seguro para el bebé?

—Completamente.

—¿Lo has preguntado?

—Por supuesto. Sé lo que pasa cuando estamos juntos y lo vamos a estar mucho.

Le gustó la idea, pero una vocecita le dijo que tuviera cuidado, que todo podía acabarse.

–¿Te vendrás a vivir conmigo?

–Este fin de semana.

–Ya no vamos a dormir separados.

–No, pero tengo que trabajar y no podré hacer la mudanza hasta el fin de semana.

–Contrataremos una empresa.

–Tengo que estar para supervisar.

–¿Quieres una gran boda?

–No –lo miro nerviosa–. Sólo nuestras familias.

–Yo no tengo familia.

–Sí la tienes. Ahora conozco tus secretos. Además de Neo, tú hermano en todos los sentidos menos el biológico, está tu madre, su marido, y tus dos hermanastros. Quiero que vengan.

–¿Por qué?

–Porque creo que algún día te importará que hayan estado aquí. Además herirás a tu hermana si no la invitas.

–¿Por qué piensas eso?

–Insistió en que conocieras a sus hijos, ¿no? Te considera su hermano y sufriría si notara que tú no la consideras igual.

–Sí la considero así, es mi hermana para lo bueno y lo malo.

–Es para lo bueno.

–Si tú lo dices.

–Casi soy madre. Ahora soy prácticamente un oráculo –dijo e hizo un chasquido con la lengua.

Zephyr se echó a reír y la tomó en brazos. Hacer el amor sonaba mejor que hablar de la familia. La llevó a su habitación, la de los dos.

–¿De verdad nos vamos a mudar a Grecia? –preguntó ella mientras él le daba besos.

–La isla sería un buen sitio para criar a un hijo.

–Me casaré contigo a pesar de todo.

–Has dicho que es lo que querías.

–Sí –le agarró el rostro con las dos manos para que la mirara–. Esto no es una transacción comercial. No quiero tu dinero o lo que me puedas comprar. Te amo, Zephyr.

Se lo repetía, pero había tardado casi una semana. Quizá él no entendía el amor, pero no pensaba que fuera tan fácil hacer daño a alguien si se le amaba. De todas formas, no iba a seguir dándole vueltas a eso. Piper había aceptado casarse con él aunque, estrictamente, no se lo había pedido.

Eso era lo único que importaba.

Sin decir nada, Zephyr la llevó al dormitorio y la dejó en la cama con exquisito cuidado. Ella sonrió y él le hizo un gesto de que esperara un minuto. Tomó el teléfono de la mesita y marcó.

–Felicítame. Vamos a tener un bebé y Piper accede a casarse conmigo –sonrió a Piper mientras hablaba.

Del otro lado se oyó un murmullo de voz masculina.

–Sí, te llamo mañana y te cuento los detalles –un silencio–. Sí –colgó.

–¿Neo? –preguntó ella sólo para estar segura.

–Sí. Sabía que esperaba tu llamada. Estaba preocupado por mí.

–Eres un hombre especial, Zephyr. ¿Está feliz por ti?

–Por los dos. Cass y él nos llevarán mañana a celebrarlo, si tú quieres.

–Claro. Aunque tengo que trabajar durante el día. Me he tomado demasiado tiempo libre.

–¿Crees que tu asistente se vendría a la isla?

–¿Brandi? Se lo preguntaré, pero no sé si podré seguir pagándole su sueldo cuando recorte la lista de clientes –empezó a desnudarse y eso recordó a Zephyr por qué la había llevado allí–. No quiero trabajar todo el tiempo si no tengo que hacerlo.

Unos ojos color chocolate la devoraron mientras se quitaba los vaqueros y la camiseta.

–Me alegra mucho oír eso. Buscaremos una forma de pagar a Brandi.

–Quieres decir que le pagarás tú –dijo mientras se quitaba el sujetador.

¿Por qué llamaste a tu empresa Cerulean Designs? –preguntó para cambiar de tema.

–Buen intento, pero creo que no hemos cerrado el tema.

–Tampoco se te ha olvidado que íbamos a hacer el amor, ¿no?

–Yo no soy la que está completamente vestida.

–Eso lo arreglo rápidamente.

Capítulo 7

CUÉNTAMELO.

Zephyr se quitó los zapatos sacudiendo los pies.

—Antes de que todo se viniera abajo con mi ex, no tenía muchas cosas por las que sonreír, mucho menos por las que reír —dijo Piper—. Estaba viendo una comedia romántica homosexual cuando el personaje que organizaba la boda empezó a gritar a su proveedor de tejidos. El organizador estaba indignado porque no supieran lo que era el color cerúleo. Me di cuenta de que yo tampoco lo sabía y era diseñadora de interiores. Poco después aprendí que era el color de mis ojos, así que pensé que era una especie de profecía. La cosa es que empecé a reírme con la película por primera vez en mucho tiempo. Y puse ese nombre a mi empresa para recordarme que, pase lo que pase, siempre hay algo por lo que reírse.

—Es una gran historia —dijo Zephyr que seguía desnudándose.

—Es un buen recuerdo. No está mal recordar que no lo sabes todo.

—Te hace ser humilde y positiva al mismo tiempo.

—Tu turno.

—Ya estoy desnudo.

—Me refiero de responder a una pregunta.

—Muy bien, ¿qué?

—¿Por qué vuestra empresa se llama Stamos y Nikos y no al revés?

–No es nada muy reflexionado.

–Entonces, ¿qué fue?

–Una moneda al aire. Ganó Neo.

Seguía riéndose cuando se echó sobre ella deliciosamente desnudo y la besó en la cadera derecha. Era perfecto.

–Entonces ¿no os molesta que nos casemos casi a la vez que vosotros? preguntó Piper a Cass al día siguiente cuando ésta llamó a la oficina para felicitarla.

–No. Creo que es fantástico que os queráis casar en Grecia. Vamos a estar allí de luna de miel.

–Zephyr mandará el avión para mis padres y hermanos –se había alegrado de que le hubieran prometido asistir.

–Neo dice que Zephyr va a invitar a su familia –dijo Cass–. Ninguno de los dos sabíamos que seguía en contacto con ellos.

–La relación con su madre es bastante complicada –no quiso entrar en más detalles aunque Zephyr ya les había contado su historia.

–No estoy segura, pero creo que es mejor que Neo perdiera a su madre por una sobredosis. Eso ha tenido que hacer mucho daño a la capacidad de Zephyr para confiar.

Y para amar, pensó Piper, pero no iba a entrar en eso.

–Entre las familias de los dos no llegamos a las dos docenas de invitados. No te molestará, ¿no?

–No –dijo con orgullo Cass–. Mi agorafobia va mucho mejor. No voy a firmar una gira de conciertos, pero mi nuevo agente tampoco me presiona.

Piper se echó a reír. Hubo un largo silencio, pero no incómodo.

–Quería ofrecerme para tocar en tu boda.

–¿De verdad? Creía que ya no actuabas.

–No es una actuación, es un regalo. Yo... –la voz de Cass se perdió–. Estoy componiéndoos una canción.

–¿A nosotros?

–Sí, ¿no te parece bien?

–Es fantástico. No sé qué decir. «Gracias» parece inadecuado.

–Estoy feliz de hacerlo. Zee ayudó a Neo a ver lo que era importante y evitó que ese idiota me rompiera el corazón.

–¿Zephyr hizo eso? –preguntó Piper casi conmocionada.

–Sí. Creo que los hombres son más listos con las relaciones de los demás que con las suyas.

–Quizá no todos los hombres.

–Bueno, los nuestros sí –enfatizó Cass.

Piper no sabía si considerar suyo a Zephyr aunque fueran a casarse.

–¿Neo es más listo sobre los demás que con respecto a sí mismo?

–Supo que eras especial para Zee en el momento en que le dijo que te traía a cenar a casa. A Zephyr le llevó bastante más tiempo saber que eras especial para él.

–Eso no te lo puedo discutir.

–¿Os van bien las cosas? –preguntó Cass con delicadeza.

–Mejor. Puede que él no me ame, pero me desea y quiere que sea la madre de sus hijos.

–Tu sí lo amas, sin embargo.

–Mucho.

–Eso está bien. Creo que Zee se merece mucho amor y una mujer muy especial como tú. Quizá aprenda a confiar en el amor al vivir con él.

–Gracias –eso era lo que esperaba ella–. A Neo también se le aplica lo que dices del amor de una mujer especial. Yo hace poco que me he convencido de que es humano.

–No te preocupes –dijo Cass entre risas–. Creo que él también acaba de descubrirlo.

–Eres estupenda para él.

–Y tú fabulosa para Zee.

–Trataré de serlo –prometió Piper.

–Sólo sé tú... eso es todo lo que parece necesitar.

Y Piper pensó que, incluso sin el amor, Cass podía tener razón. Tenía que tener esperanza, porque si perder a Art la había destrozado, perder a Zephyr la mataría.

La amara o no, lo que sí creía de Zephyr era que sería fiel. No tenía nada que ver con su ex, pensó, intentando concentrarse en el trabajo acabada la conversación.

A veces se sentía como si hubiera engañado a Zephyr para casarse con él. Pero no había sido así. Le había dicho que lo amaba, así que no había ningún secreto por el que sentirse culpable. El que fuera a conseguir el más profundo deseo de su corazón, o al menos algo parecido, no significaba que se hubiera aprovechado de nadie. Zephyr quería casarse con ella y quería a su bebé tanto como ella. ¿Por qué se sentía así entonces? ¿Quizá porque si no estuviera embarazada Zephyr no se casaría con ella?

Brandi había hecho gran parte del trabajo preliminar y sólo tuvo que cambiar algunas cosas para dejar preparada una presentación. Menos mal, porque ella estaba completamente dispersa. Pero dispersa o no, estaba segura de una cosa: serían felices juntos. Si no creyera eso no se iría a vivir con él, mucho menos se casaría. Pero creía que era perfecto para ella y ella para él. Daba lo mismo el miedo que le diera todo lo demás, tenía que agarrarse a esa certeza.

Y en ese momento tenía que trabajar. Echó un vistazo final a la propuesta y salió del despacho para buscar a su asistente.

–Hola, Pip.

Volvió la cabeza por una voz masculina que no oía desde que había salido de Nueva York.

Con un traje diseño de la temporada anterior y con aspecto de más edad de la que tenía, Art estaba de pie a dos metros de ella.

–¿Qué haces aquí? –espetó ella sin ninguna cortesía.

–¿Un viejo amigo no puede venir de visita? –dijo con una media sonrisa.

–Tú no eres un viejo amigo.

–Eso duele, Pip. Fuimos amigos una vez.

Piper sacudió la cabeza y buscó a Brandi con la mirada. La asistente los miraba curiosa. Piper le entregó la propuesta que llevaba en la mano.

–Ponlo en formato presentación. Lo presentarás al cliente en una reunión mañana por la mañana.

–¿Estás segura de que estoy preparada, jefa? –preguntó Brandi, mirando los papeles.

–Sí –ya había hecho presentaciones supervisada y podía volar sola.

–Estupendo, me pongo con ello –corrió a su mesa de trabajo.

–¿Es una visita de negocios o social? –preguntó a Art.

–Un poco las dos cosas, Pip.

–Me llamo Piper, odio ese apodo. Siempre lo he odiado –y él siempre lo había usado.

–Eh, no te ofendas –juntó las manos imitando una súplica–. No siempre es fácil dejar atrás el pasado.

Cruzó los brazos y le dedicó una mirada que había visto en Zephyr cuando trataba con proveedores especialmente irritantes.

–Después de cómo me boicoteaste en Nueva York, no me ha costado dejar atrás mi pasado.

–¿Por eso has lanzado contra mí a tu pit bull millonario?

–No sé de qué me hablas.

–Estaba dolido cuando me dejaste. Puede que dijera algunas cosas que fueran en detrimento tuyo –lo dijo como quien compartía una gran confidencia–, pero eso no es razón para que acabes con una firma de diseño que ha sido de mi familia durante tres generaciones. Pensaba que era mejor persona, Pip... Piper, de verdad.

–Repito... no sé de qué me hablas –dio golpecitos en el suelo con la sandalia–. Empieza a hablar claro y deja de ser tan zalamero.

–¿Zalamero? Piper, ¿de verdad es así como me ves?

–Esa miradita dejó de funcionar conmigo mucho antes de que me separara de ti y no creo que quieras saber cómo te veo, Art.

–En eso puede que tengas razón –suspiró–. Mira, entiendo que me guardes rencor, de verdad.

–¡Qué comprensivo!

–Pero no la tomes con mi empresa. Te has hecho un nombre gracias a Très Bon.

–Un nombre que tú ensuciaste con tus mentiras podridas.

–Ya te he dicho que estaba dolido por la ruptura. Exageré algunas cosas. No era yo mismo.

–Con tu creatividad conmigo se podría escribir una novela.

–Puede que tengas razón.

–Así que ¿has venido a disculparte? –estaba harta de esa conversación.

–Si es eso lo que quieres.

–¿Para qué?

–Para que me quites de la lista de más buscados de Zephyr Nikos.

–¿Zephyr? –eso sí que no lo esperaba–. ¿Qué tiene que ver él contigo y con Très Bon?

–Ha estado boicoteando mi empresa en círculos que han debilitado mi influencia.

–¿No creerás que le he convencido para que te boicotee? Sabes que no soy así.

–Pensaba que sí, pero un hombre como él no puede ir a por mí sin ningún motivo. Soy demasiado pequeño para él –le dolió admitirlo.

–Si te ha estado calumniando, ¿por qué no has recurrido a la ley?

–Claro, como si ese hombre fuera lo bastante estúpido como para decir algo que pudiera presentarse en un juzgado.

–Es lo primero que dices que tiene sentido. Zephyr es un hombre muy ocupado. ¿Por qué iba a dedicar un segundo de su apretada agenda para manchar la impoluta reputación de tu empresa?

–¡Pregúntaselo a él! Lo único que sé es que estamos al borde de la bancarrota y es por culpa de ese malnacido.

–Lo primero: no vuelvas a insultar a Zephyr en mi presencia. No le llegas a la suela de los zapatos. Segundo: si estás al borde de la bancarrota, tendrá más que ver con el modo en que llevas tu negocio, siempre arriesgándote.

–¡Su campaña de desprestigio me ha costado mi negocio! –insistió.

–¿Campaña? Ahora sí sé que estás mintiendo. Zephyr no te dedicaría tanto tiempo.

–Para un hombre en mi posición basta con hacer un comentario aquí o allá –dijo Zephyr, saliendo de detrás de un panel.

–Hola, Zee. No sabía que ibas a pasar por aquí.

–Me había llegado algo de que Arthur Bellingham estaba en Seattle –recorrió al otro hombre con la mirada–. Tenía la sensación de que vendría a llorar aquí en lugar de hablar conmigo como un hombre.

–¿Como un hombre? –preguntó ofendido–. No lo conozco, señor Nikos. ¿Cómo iba a conseguir una cita?

–¿Ha llamado a mi secretaria?

–No –dijo como si no se le hubiera ocurrido.

–Tenía instrucciones de atender su llamada.

–¿Has dado instrucciones a tu secretaria sobre Art? –preguntó Piper, intentando asimilar que Zephyr sí podía haber estado arruinando la reputación de Très Bon–. ¿También lo tienes vigilado?

–Soy un hombre concienzudo –dijo Zephyr, encogiéndose de hombros.

–Es un tirano, eso es lo que es –dijo Art encendido.

Ese hombre era tan idiota como había creído, pensó Zephyr.

–Insultarme no es el mejor modo de encontrar mi lado bueno.

–Una vez que establece un curso de acción no lo cambia, así que no tiene sentido intentar sacar su lado bueno –dijo Art.

–Casi tengo que respetar su lucidez mental por no tratar de abordar el tema de un modo racional de hombre de negocios a hombre de negocios.

–Una vez que me di cuenta de que usted era quien estaba detrás del hundimiento de la reputación de mi negocio en el ámbito internacional, hice mis investigaciones. Palabras como «testarudo», «inteligente», «despiadado» y «encantador» aparecen en la descripción. «Razonable», no.

–Pero soy un hombre razonable.

–Conmigo siempre lo has sido –reconoció Piper con una sonrisa.

–Tú siempre vas a decir eso –espetó Art–. Los dos tenéis una aventura, es obvio.

–Vamos a casarnos –dijo Zephyr en un tono peligroso–, no tenemos una aventura.

–Bueno, enhorabuena –dijo con sarcasmo Art.

–Gracias –dijo sarcástico también Zephyr–. Al margen de las buenas noticias, no he expresado mi no muy favorable opinión sobre su poco imaginativa y cara firma de diseño por Piper.

–Claro –dijo Art sarcástico.

–Si no hubiera hecho todo lo posible por destruir no sólo su matrimonio, sino la posibilidad de haber conservado una amistad con ella, no habría abandonado Nueva York.

–Eso es cierto –corroboró Piper.

–Me alegro de que vinieras a Seattle –dijo Zephyr a Piper con una sonrisa.

–Yo también.

–Me está diciendo que no ha hundido mi compañía por ella –dijo Art.

–Sólo indirectamente. Exijo lo mejor, ¿verdad, *gineka mu*?

–Sí –dijo Piper con un asentimiento.

–Tú eres la mejor.

–Gracias –dijo ella con los ojos brillantes.

–Si hubiera seguido las recomendaciones de uno de mis colegas basadas en cosas que había oído como resultado de la campaña de Arthur Bellingham contra ti en Nueva York, no te habría contratado para ese primer trabajo.

–Pero no hiciste caso.

–No, hablé con clientes tuyos de aquí y visité propiedades que habías terminado y, lo más importante, me gustó la propuesta que me hiciste más que la de nadie –reveló Zephyr.

–Entonces ¿cuál es el problema? –exigió Art sin entender nada.

–Sus mentiras casi le cuestan el trabajo a una fantástica diseñadora.

–¿Y decidió acabar con mi negocio?

–¿Es usted idiota? No he acabado con su negocio, sólo he ayudado a acelerar el proceso –pero ¿lo vería Piper igual?

–¡Maldito bastardo despiadado! –dijo Art entre dientes.

No podía negarlo, era despiadado y era un bastardo. Lo único que le preocupaba era lo que pensara su prometida de esa verdad.

–Al menos soy sincero. No me dedico a decir falsedades, no he dicho nada de su firma que no fuera cierto. No contrataría a Très Bon. Se pasa con el precio y lleva haciéndolo años. Sus diseños no son imaginativos. Y tiene reputación de acabar los proyectos superando el presupuesto y tarde.

–Eso jamás ha preocupado a mis clientes –dijo Art con tono de superioridad.

–Quiere decir que toleraban su poca calidad para poder poner el nombre de Très Bon en sus edificios.

–Era un nombre respetado antes de que se dedicara a destruirlo.

–Su tío y su padre llevaron una empresa decente, aunque conservadora. Usted ha hecho todo lo posible por destruir su trabajo con malas decisiones desde hace más de diez años.

–¿No te importa la gente que se va a quedar sin trabajo cuando cerremos? –se dirigió más a Piper que a Zephyr.

–¿Le importó que Piper tuviera que marcharse de Nueva York?

–¡Ella es sólo una persona!

–Y usted mintió sobre ella.

–Sabía que era por Pip.

–¿Te gusta ese ridículo apodo? –preguntó Zephyr mirando a Piper.

–No. Ya le he dicho que no lo utilice, pero como siempre, no me escucha.

–Si lo hubiera hecho, su negocio no estaría en apuros.

–¡Ella se marchó, no yo!

–Te dejé porque me engañabas y después me despediste cuando pedí el divorcio –dijo sin ira.

–No solías ser tan reivindicativa.

–No estoy siendo reivindicativa.

–Haz que pare –rogó Art, desesperado–. Por favor.

Zephyr soltó una carcajada y lo miró incrédulo.

–Es un actor impresionante.

–Oh, creo que está tan desesperado como parece y entiendo por qué –dijo Piper.

–¿Sientes lástima de él? –preguntó sorprendido Zephyr.

–Sé lo que es ver tu carrera hecha pedazos por las palabras descuidadas de alguien. No le desearía eso ni a mi peor enemigo.

–No me cuesta nada deseárselo a él –admitió Zephyr completamente sincero.

–Es obvio –dijo ella en tono ni de aprobación ni de condena.

Zephyr no pudo dejar de preguntarse si su relación sobreviviría a la revelación de ese aspecto despiadado de su personalidad. Porque ¿era una revelación? Ella había adivinado sus planes de haber luchado por la custodia sin que se lo hubiera dicho.

–¿Qué esperaba ganar viniendo aquí? –preguntó Zephyr a Art.

Art pareció valorar lo sincero que podía ser y al final dijo:

–Lo ideal hubiera sido que Piper le convenciera de que dijera que se había equivocado con mi empresa.

–Yo no miento –y esperaba que ella no le pidiera que lo hiciera.

–Me conformaría con que recogiera a los perros –como si tuviera espacio para negociar.

–No he soltado ningún perro, no los tengo –realmente había sido sólo algún comentario aislado.

–Así que según usted todo es culpa mía.

–Así es como yo lo veo.

–Así que no vas a hacer nada para ayudarme –se dirigió más a Piper que a Zephyr.

Esa vez Zephyr le dejó responder.

–No sé qué puedo hacer.

–Podrías volver a trabajar para Très Bon.

–Jamás –dijo ella sin dudarlo.

–Piénsalo –dijo Art–. Podríamos abrir una delegación en la Costa Oeste y podrías llevarla tú.

–No me interesa en absoluto –dijo sarcástica.

–Entonces sólo me queda pedir un concurso de acreedores y despedir a los trabajadores.

El enfado de Zephyr empezaba a rozar la línea roja.

–No sea melodramático. Una consultoría medio decente sacaría a su compañía de los números rojos con un poco de reorganización y una consolidación de recursos.

–No si sigue boicoteándome.

Zephyr miró de reojo a Piper y después a Art.

–Si en el futuro dice la verdad sobre el talento y la capacidad de Piper, haré todo lo posible para evitar decir la verdad sobre usted.

–Supongo que eso es todo lo que voy a conseguir.

–Podría sugerirle alguna consultoría –dijo Zephyr en tono razonable.

–Encontraré yo mi propia consultoría –se dio la vuelta y se marchó.

–Señor, sois mejores que una telenovela –dijo Brandi con una muestra de color en cada mano–. Sólo quería saber qué prefieres.

–Las dos están bien –replicó Piper, frotándose la frente–. Me tomo libre el resto del día. Si necesitas algo, estoy en el móvil.

–Como siempre, jefa, no preocuparse –respondió Brandi con un extraño acento. Luego, volvió a su trabajo.

–Se cree que es australiana –dijo Piper con un suspiro– y nunca ha salido de Estados Unidos.

–La idea de mudarse a Grecia le gustará.

–Si se lo preguntara, seguro que sí.

–Así que... ¿no se lo piensas pedir?

–He discutido en mi trabajo sobre mi vida privada todo lo que se puede en un día. Vamos.

Fueron al apartamento de ella. Piper estaba decidida a que la visita de Art no enturbiara nada y Zephyr tenía puesta en la cara su expresión neutra.

Piper pensaba que Zephyr tenía un poco hipertrofiado su sentido de la justicia, pero mejor eso que un hombre que se dedicaba a mentir a los demás y a sí mismo. Como Art.

–Hemos olvidado algo cuando has venido antes a la tienda –dijo ella.

–¿Qué?

–Un beso.

–¿Quieres que te bese?

–Sí.

–Eso sé hacerlo.

–No diría mucho de nuestra próxima boda que no supieras.

Convirtiéndose en un depredador sexual delante de sus ojos, la apoyó en la puerta.

–¿Sabes qué he notado últimamente?

–No, ¿Qué?

–Tienes todo un arte en decir la última palabra.

Iba a responder, pero sus labios se interpusieron.

Capítulo 8

LE encantaba esa faceta de él y no le importaba lo que decía de ella.

El beso no fue apresurado. Por acuerdo lo interrumpieron y abrieron la puerta. Una vez dentro, Zephyr se aseguró de que estuviera cerrada antes de apoyarse con ella entre los brazos.

Su abrazo decía una cosa: hablar podía esperar, todo menos el intenso placer podía esperar.

La besó en el cuello mientras sus manos recorrían la parte delantera de su cuerpo llevándose de paso el borde de la blusa.

Ella se retorció y notó la presión de su erección en la espalda.

—Sí, Zee, tócame.

Envolvió sus pechos con las manos.

—Más, sabes que quiero más —dijo ella.

—¿Sí?

—Sabes que sí.

—Sí —la besó detrás de las orejas— lo sé.

Deslizó la mano dentro del sujetador para jugar con los pezones mientras mordisqueaba detrás de las orejas. Ella hizo presión contra su erección notando lo urgentemente necesitado de atención que estaba el centro de su feminidad. Demostrando que podía leer su mente, una de sus manos bajó hasta los pantalones. Su cuerpo sabía lo que eso significaba y un calor húmedo manó entre sus piernas. Empujó la tela hacia abajo sin ceremonias, ella dio un paso para salir del lino azul y de la seda. Una pícara mano se coló en su boca y después unos dedos largos y hábiles interpretaron una sinfonía sobre el clítoris. Ella se arqueó por la caricia hasta que el orgasmo le arrancó un grito de placer. Sólo entonces empezó él a quitarse la ropa. De algún modo, acabó en el sofá, con las manos en el respaldo, las piernas abiertas y aún con los tacones.

Zephyr deslizó su sexo en sus palpitantes profundidades arrancándole gemidos y ruegos de más.

–¿Cómo puede ser cada vez mejor?

–No lo sé y no me importa –dijo él incrementando el ritmo mientras la sujetaba con las dos manos.

Una seguía en sus pechos mientras la otra continuaba estimulando el clítoris. Gritaba por su segundo orgasmo cuando un rugido le anunció el de él. Después la metió en la ducha donde se lavaron mutuamente con casi tanto placer como cuando habían hecho el amor. Piper adoraba la intimidad doméstica que era ducharse juntos. Era una de las cosas que más le decía que eran una pareja.

Estaban preparando la cena cuando él dijo:

–Pensaba que ibas a echarte atrás y no casarte conmigo.

–¿Por qué? –así que por eso se había comportado extrañamente.

–Has visto mi lado despiadado y a lo que lleva.

–Siempre he sabido que puedes ser despiadado, pero tengo que admitir que me ha costado asumir que el hombre al que he acabado amando puede proponerse destruir la reputación de alguien –lo besó en la mandíbula.

–Nunca me has preguntado por mi padre –se alejó un poco de ella.

–¿Sabes quién es tu padre biológico? –preguntó conmocionada.

–Sí.

–Bueno, pues cuéntame –le dio la vuelta para que la mirara.

–Si hablaras con otros hombres de su clase, te dirían que es un respetado olivarero de una honorable familia que ha tenido suerte en sus inversiones. Sólo que su esposa y él tenían gustos caros que no se podían pagar con lo que da el olivar. Hace inversiones, pero no respetables.

–¿Qué quieres decir?

–Invirtió en un establo de mujeres, sí, así es cómo lo llamaba. Las trataba como si hubieran sido caballos, supongo. Cubría sus necesidades básicas esperando que así sirvieran a sus clientes. Y a él. Mi madre era su favorita. Era el único autorizado a copular con ella sin preservativo.

–¿La obligó a seguir trabajando para él incluso después de que tuviera a su hijo?

–No me reconoció como tal. No hasta que crecí y supo que su esposa no iba a darle un heredero para su olivar. Vino al hogar con intención de reclamarme. Pensaba que estaría agradecido por que me adoptara.

–Un hombre moralmente corrupto, por no mencionar egoísta, asqueroso... –dijo ella.

–Así fue como lo vi yo. No tenía intención de obedecer a un hombre que había tratado a mi madre como un objeto y me había tenido durante años en un orfanato.

–Ahí fue cuando Neo y tú os escapasteis, ¿no?

–Sí. Había tenido mucha libertad antes de la muerte de su madre. El hogar era una prisión para él.

–Así que os marchasteis juntos.

–Y nos ayudamos a vivir lo mejor posible teniendo en cuenta nuestro origen.

–Habéis tenido bastante éxito.

–Sí.

–Pero has sacado lo de tu padre por algo –volvió al tema.

–Cierto –suspiró y apartó la mirada.

–Cuéntame.

–Cuando estuve en posición de hacerlo, me aseguré de que la verdad sobre su inversión se hiciera pública.

–De nuevo esa parte despiadada tuya –tenia sentido.

–Sí.

–¿Fue a la cárcel?

–No... tenía dinero. Pudo arreglar eso pagando, pero no que su honorable esposa se quedara con él. En una ironía de la fortuna, acabó casado con una de sus prostitutas que le dio dos hijas. Lleva la economía doméstica igual de despiadadamente que él llevaba su cuadra –se puso rígido y una expresión de horror cruzó su rostro–. No los vamos a invitar a la boda. Las niñas son demasiado pequeñas para saber quién soy y no tengo interés en reconocer a ese chulo como mi padre.

–No te preocupes, no lo había pensado.

–Bueno –el alivio llenó su rostro.

–¿Bueno?

–Soy un tipo despiadado –dijo como si fuera una gran revelación.

–Es un poco perturbador –dijo incapaz de no bromear un poco.

–¿Lo bastante como para hacer que te cuestiones tu decisión de casarte conmigo?

–Depende –se negaba a hablar en serio.

–¿De qué?

–De si hay más gente sobre la que sientas la necesidad de decir la verdad –parpadeó para dejar claro que estaba de broma.

–No.

–Estoy de broma, Zee, no me preocupa eso. Nada de lo que he sabido hoy cambia lo que siento por ti.

–¿No crees que soy como mi padre?

–¿Qué? –lo agarró de los hombros y trató de zarandearlo, no pudo– ¿Cómo puedes preguntar eso? No tienes nada que ver.

–Pero él es despiadado para conseguir lo que quiere.

–Y tú eres despiadado en defensa de la verdad. Eso puede ser abrumador a veces y una gran carga para los demás, pero está lejos de un hombre que explota la debilidad de los demás para proporcionarse lujos enfermizos –tenía que comprender eso.

–No quería castigarlo por lo que me hizo, pero quería que su mundo supiera quién era en realidad y cómo se aprovechaba de los demás.

–Lo sé.

–Destruyó muchas vidas.

–Y seguro que nunca le importó. Art tiene más en común con él que tú.

–¡Qué lastima que no estén emparentados!

–Sí. La familia de Art es decente y agradable. No sé cómo pudo él salir tan egoísta y ciego de sus propios defectos.

–Mi madre no quería abandonarme. Incluso cuando era pequeño entendía eso. Sintió que no tenía elección. No quería criarme en un burdel.

–Así que eligió el mal menor y lo pagó el resto de su vida.

–Creo que tienes razón –pareció tener una revelación.

–Otra vez el oráculo de la futura madre –dijo ella en broma.

–Por eso quieres invitarla a la boda, crees que ha llegado el momento de dejar de pagar.

–Creo que los dos debéis dejar de pagar por cosas que no se pueden cambiar.

–Mañana la llamaré.

–Gracias.

Zephyr miró el monitor de su ordenador. Mostraba los planos de su último proyecto, pero sólo veía una imagen del pasado: el rostro de su madre una de las muchas veces que le decía que lo quería antes de dejarlo en el hogar. En esa imagen mental podía ver algo que no se había permitido reconocer antes: el terrible dolor en sus ojos.

Parpadeó para contener las lágrimas. *At last* de Etta James sonó en su móvil y volvió al presente. Abrió el aparato y habló:

–Hola, *pethi mu*.

Los sentimientos de los que carecía, los suplía Piper. Había programado esa canción como sonido de sus llamadas después de acceder a casarse con él. Estaba deseando de ver su mirada cuando le enseñara el anillo que había encargado a Tiffany's.

–¿Qué tal? –preguntó Piper.

–Se ha echado a llorar.

–No te sorprende.

–No –ella se lo había advertido–. Hemos quedado en cenar juntos antes de la boda, como sugeriste.

–Estupendo, ¿en un restaurante?

–No, me ha pedido que fuera a su casa –respondió.

–¿Y has accedido?

–Sí.

–¿Estará su marido? –preguntó después de un segundo.

–Sí, también vendrá a la boda.

Un silencio absoluto siguió a esa información.

–También quería hablar conmigo.

–¿Qué quería decirte?

–Que lo siente mucho, mucho. Que se equivocó al hacer que mi madre me abandonara. Ha dicho que quería habérmelo dicho antes, pero que no ha sido capaz. Se ha echado a llorar también –hubo un silencio–. Me han contado cómo mis hermanos supieron de mi existencia.

–¿De verdad? Me extrañaba que tu madre se lo hubiera dicho después de no dejarles verte en cuanto tuvieron edad para recordarte.

–¿Nunca has pensado que podría habérselo dicho yo?

–No.

–¿Incluso a pesar de mi vena despiadada?

–Ya te he dicho que es una clase buena de falta de piedad.

–Tienes demasiada fe en mí.

–Sí.

–Iola se encontró a mi madre llorando sobre un montón de viejas fotos. Eran mías. Mi hermana la convenció de que le contara toda la historia.

–Tiene que ser muy persuasiva.

–Es muy testaruda.

–Como su hermano...

–Quizá.

–No hay ningún quizá aquí –se echó a reír.

–Te mueves por aguas turbulentas...

–Me gusta vivir peligrosamente.

–Eso es cierto.

–¿Cuántos años tenía tu hermana?

–Doce. Se puso furiosa con su padre. Le llamó monstruo y estuvo sin hablarle un año.

–Guau, parece más cabezota que tú.

–¿Sí?

–Tendré que tenerlo en cuenta.

–Nunca me contó eso una vez que contacté con ella. Me hizo creer que mi madre se lo había contado por iniciativa propia, no quería que la odiara.

–También ha respetado la distancia que has mantenido. Está claro que cree que tienes derecho a decidir los términos de la relación con tu familia.

–Sí –siempre lo había apreciado.

–¿Estás bien?

–Claro –no iba a alterarlo tanto una simple conversación con su madre.

–Eres un hombre asombroso, ¿lo sabías?

–Ya has dicho algo semejante antes.

–Bueno, lo creo cada vez más –aseguró ella.

–Eres buena para mi ego, aunque no entienda qué te impresiona tanto.

–Es mucho perdonar a tu madre y a su marido.

–Hace mucho tiempo que los perdoné –no podía permitirse el lujo de odiar alguien que quería forjarse una nueva vida–. Simplemente no confiaba en que fueran una parte positiva para mi vida. Has sido tú quien me ha convencido de que les dé una oportunidad.

–Te amo, Zephyr.

–Gracias.

–De nada –rió–. Hay que ser un gran hombre para olvidar el pasado y mirar el presente.

–Me alegro de que pienses así.

–Así que tu familia va a venir. Dime que ya has reservado la iglesia.

–Como somos flexibles en el día de la semana, no ha habido problema. Mientras hablamos, mi secretaria está reservando los vuelos de tu familia. Llegarán el fin de semana, así que tendrán tiempo de hacer algo de turismo hasta el jueves, que es la boda. Volaremos a Grecia con Neo y Cass el domingo después de su boda.

–Me resulta extraño pensar que nos casamos dentro de dos semanas. En Grecia como había soñado.

–Es lo que querías –y también lo que quería él.

–Y tú has hecho que suceda.

–He sido un poco heterodoxo en mis métodos.

Habían descubierto que casarse en Grecia requería mucho papeleo y la fecha podía retrasarse más de lo que querían. Neo había sugerido una ceremonia civil en Seattle y después la bendición en Grecia. Piper había estado de acuerdo y Zephyr había coordinado los eventos.

–¿Cómo va la búsqueda del vestido?

–Espléndidamente, gracias. He encontrado uno perfecto.

–Estupendo.

–Va a costar más que el PIB de un país pequeño.

–No importa –quería que todo fuera perfecto para ella.

–Gracias –suspiró.

–De nada.

–¿De verdad crees que no nos estamos apresurando?

–¿Tienes dudas? –sintió un nudo en el estómago.

–¡No! No.

–¿Has cambiado de opinión sobre ir al altar con una buena barriga?

–Tampoco.

–Entonces no nos estamos apresurando, sólo somos diligentes.

–Bien. Ah, Art llamó hace un momento.

–¿Qué quería? –preguntó temiendo que fuera la causa de sus dudas.

–Finalmente ha asumido que nos casamos.

–Él no está invitado.

–No quería una invitación, bueno no del todo.

–Ese hombre no tienen vergüenza.

–Y aún no sabes la razón de su llamada.

–Déjame adivinar... ¿quería un préstamo?

–¡Sí! ¿Cómo es posible?

–Para un hombre como él... Muy fácil.

–Supongo que sí, pero hubo un tiempo, y ahora me cuesta aceptarlo sin considerarme una idiota, que quise a ese hombre... o al menos al hombre que creía que era.

–Tiene los pies de barro.

–Todo su cuerpo es de barro.

–¿Quieres que saque a su empresa de apuros?

–¿Querrías tú si yo quisiera? –parecía más curiosa que otra cosa.

–Sí.

–Ni siquiera has dudado.

–Quiero que seas feliz.

–Incluso si quisiera que lo hicieras, dejar dinero a Art sería tirar el dinero. La mayoría de sus buenos diseñadores han dejado la empresa. Yo le sugerí irse a unas oficinas más pequeñas cuando aún trabajaba allí, pero a él le gustaba la gran impresión que daba a los clientes. Sigue pagando un alquiler en Nueva York mucho mayor del que necesita.

–No quiere reconocer lo mal que lo ha hecho y el efecto que eso tiene sobre la empresa.

–Jamás lo ha hecho. He hecho alguna llamada y me he enterado de que la mayoría de su personal es temporal desde hace un año. Siempre más apariencias que sustancia.

–Así que... ¿nada de préstamo?

–No.

–Lo siento.

–Yo también, por la gente depende de su empresa para vivir y por su tío, que aún vive.

–Bueno, entonces tu ex no es un problema entre nosotros.

–Ya te he dicho que no lo era.

–Sentías algo por él tiempo después del divorcio –le recordó.

–Sí, pero lo he superado. Con tu ayuda.

–¿Dónde dormimos esta noche?

–En mi casa. Los de la mudanza vienen por la mañana.

–Estoy deseando que vivamos juntos.

La mudanza fue fácil y Piper se sorprendió de lo bien que sus cosas se integraron en el apartamento de Zephyr. Ayudó que le diera carta blanca en la decoración y los muebles. Después, él apreció los cambios que había hecho.

–¿Por qué me miras así? –preguntó él.

–¿Cómo?

–Como si fuera el hombre perfecto.

–¿Por qué no iba a hacerlo?

–Nadie es perfecto, Piper.

–Cierto, pero no tienes que ser perfecto para que te ame. Sólo tienes que ser perfecto para mí.

–¿Ha llegado tu vestido?

–Sí.

–¿Quién lo ha diseñado?

–No te lo voy a decir, tendrás que esperar a la boda de Grecia para verme en todo mi esplendor.

–¿No lo vas a llevar en la ceremonia civil?

–No –le gustaba tomarle el pelo con eso, ¿quién iba a pensar que le importaría el vestido?

–Supongo que te pondrás uno de tus trajes de ir a trabajar, es día de diario.

–Supongo que lo verás cuando estemos allí.

–No pienso llevar una venda en los ojos hasta allí.

–Y yo no pienso pasar la noche en tu apartamento el día antes.

—¿Por qué no?

—Por tradición.

—Pero... Bueno, pero la tradición tiene más aspectos, no pienses que vas a dormir fuera de nuestra cama ninguna noche después de la boda.

—Anotado.

—Quiero decir incluso la noche antes de la boda de Grecia.

—Bueno, pero dejaré la cama temprano y no me verás hasta la iglesia.

—Eso es aceptable.

—Sé que vamos corriendo, pero quiero respetar las tradiciones.

—Ningún problema, recuerda que son el doble, tenemos dos ceremonias. ¿Y dónde vas la noche antes de la boda de aquí?

—Cass me ha invitado a quedarme con ella y Neo. Vamos a ir en limusina al juzgado. Neo te llevará a ti.

—Ya lo habéis planeado todo.

—¿Alguna objeción?

—Podré soportar una noche solo.

—Sobrevivirás —le dio un beso en los labios.

—Seguro que no pegaré ojo.

—Será mejor que sí, espero una noche de bodas para recordar.

—Todas las noches que pasamos juntos son para recordar.

—Para ser un hombre que niega ser romántico dices unas cosas...

Capítulo 9

LA verdad no es sentimental.

–Da lo mismo lo que digas, me gusta un tipo sentimental para pasar el resto de mi vida con él.

–No soy de corazones y flores, lo sabes.

–A veces pienso que te conozco mejor que tú mismo.

–¿Como conocías a Art?

–Creía que lo conocía –la pregunta dolió–, pero resultó que sólo veía lo que quería ver.

–Dices que me amas, pero en tu cabeza soy una especie de superhéroe. ¿Qué pasa cuando me ves como el hombre que realmente soy, nada sentimental, magnate despiadado y todo eso?

–Lo primero de todo: sí te veo como eres, Zephyr. Éramos amigos antes que amantes –le recordó–. Te he visto en cada aspecto de la vida desde tus momentos de impaciencia en el trabajo hasta cuando te has dado cuenta de que tu madre te abandonó con gran dolor.

–¿Y?

¿De verdad pensaba él que esas cosas no tenían importancia?

–Sé que puedes ser despiadado, pero también sé que no te obsesiona la venganza. Si fuera así le habrías hecho algo al marido de tu madre, pero no ha sido así. No eres tan despiadado.

–Sí lo soy.

–¿De verdad?

–No te hagas la obtusa.

–Eso lo serás tú –se separó de él y se cruzó de brazos.

–¿Es nuestra primera discusión? –bromeó.

–No –dijo sin reírse–. Hemos discutido antes

–No desde que nos comprometimos –tiró de ella hacia el sofá.

Opuso poca resistencia y se sentó junto a él, no en su regazo. Siguió con los brazos cruzados.

–Aunque, considerando lo poco que hace de eso, no es mucho decir –añadió él.

–Has empezado tú.

–¿Y?

–Eso implica que tienes más que decir sobre la materia, así que suéltalo todo ahora.

Pensó que toda esa discusión podría ser porque él necesitara que lo tranquilizara. Y el señor Arrogante no podía sencillamente pedirlo. Si necesitaba que lo tranquilizara, estaba encantada de hacerlo, aunque estuviera siendo un poco desagradable. Además resultaba extraño que ella fuera la que le había dicho que lo amaba y fuese él quien necesitase pruebas.

–Quizá no seas sentimental por naturaleza, pero eres lo bastante para mí. Puede que no te veas romántico, pero como eres conmigo, las cosas que me dices, son todo lo que necesito en ese aspecto. Art fingía ser el hombre que yo podía amar. Tú eres ese hombre. No finges ser nada. De hecho a veces eres brutalmente sincero.

–¿Y eso no te da qué pensar?

–No –trató de sentirse ofendida–. Confiar me cuesta mucho ahora. Saber que no mientes me reconforta mucho. Sé que puedo confiar en ti y no pensaba que podría volver a decirle eso a un hombre al que amara.

–¿Qué es el amor sin confianza?

–No lo sé. No soy filósofa. Nunca he pretendido serlo. Sólo sé que te amo. Confío en ti por quien eres. Y nada va a cambiar el modo en que te veo. Así que vete acostumbrando.

–Supongo que no tengo mucha elección.

–No si aún quieres casarte conmigo.

–Eso está fuera de discusión.

–Bien.

–¿Podemos reconciliarnos por medio del sexo? –preguntó él con mirada lasciva.

–Creo que sí –se echó a reír.

Estaban metidos en un baño de espuma después de hacer el amor tiernamente.

–Pensaba que reconciliarse por medio del sexo sería rápido.

–Ya hacemos eso sin discutir antes.

–Cierto.

–Además, no me gustan los estereotipos.

–Por eso no te preocupes, eres un hombre muy particular, Zephyr.

–Y tú una mujer muy especial.

–Cuidado, te estás poniendo sentimental otra vez.

–Entonces igual es el momento ideal para hacer esto.

–¿Esto?

Se inclinó sobre el borde de la gran bañera buscando algo. Se enderezó con una caja azul en la mano. No había duda, era de Tiffany's.

–¿Zephyr? –dijo casi en un susurro.

–Piper Madison, ¿me concederías el honor de ser mi esposa? –la miró a los ojos directamente.

–Sabes que sí –respondió con los ojos llenos de lágrimas.

Sacó de la caja un anillo de diamantes engastados en platino y se lo puso en el dedo.

–Te mereces una declaración como es debido.

–Gracias –dijo con voz quebrada.

–Sabía que te ibas a poner empalagosa.

–Así es como soy, empalagosa –se echó a reír.

–E increíblemente dulce.

–Te amo –se enjugó las lágrimas.

–Espera a ver lo que he hecho con los anillos de boda –alzó la caja por encima de la cabeza al ver que ella quería abrirla–. No... hasta la ceremonia, no.

–Me estás devolviendo la del vestido.

–Eres tú la de las tradiciones.

–Lo haces para tenerme intrigada.

–Quizá.

Se lanzó a por él y Zephyr tiró la caja antes de rodearla con los brazos.

Con frecuentes miradas hacia la calle, Zephyr paseaba al final de las escaleras de los juzgados. Neo, apoyado en la pared, lo miraba con sonrisa afectada.

–Espera y verás, el domingo en la puerta de la iglesia no estarás tan tranquilo –dijo Zephyr.

–No, pero no pasearé por el templo como un imbécil.

–Gasto el exceso de energía.

–¿Y lo de mirar al reloj cada treinta segundos?

–Se suponía que tenía que haber llegado hace cinco minutos.

–¿De verdad estás preocupado por que Piper no vaya a aparecer?

–Lleva seis minutos de retraso –dijo sin responder a su afirmación.

–Y llega una novia.

Zephyr se dio la vuelta y vio una limusina que se detenía delante de la escalera. Sintió un alivio irracional, como si se hubiera retrasado una semana. Sabía mejor que nadie lo fácil que era abandonar a alguien a quien se quiere.

Bajó las escaleras para abrir las puertas. Cass salió con una traje rosa y una gran sonrisa.

—Felicidades, Zee.

—Gracias.

Miró por encima de ella en busca de su novia. Y Piper parecía una novia.

Llevaba un velo corto y un vestido blanco de cóctel con volantes de chifón. Sus ojos brillaban de felicidad.

—¿Me ayudas a salir? —tendió la mano.

Algo vibró en su pecho cuando la ayudó. La rodeó con los brazos, apartó el velo y la besó. Un beso que interrumpieron los cláxones de los coches que esperaban.

—Pensaba que el beso era al final de la ceremonia —dijo Cass.

—Los magnates griegos hacen las cosas a su estilo —dijo Neo.

—Me gusta tu estilo —dijo Piper mirando a los ojos a Zephyr.

—Me alegro. Me gusta lo que llevas —le gustaba que hubiera hecho el esfuerzo de parecer una novia.

—Espera a ver lo que llevo debajo —dijo con una mirada malévola.

—No digas esas cosas —musitó entre dientes.

—¿Por qué no?

—No me parece adecuado casarme con una erección.

—¿Puedo hacerte eso? —bromeó.

—Sabes que puedes.

—Trataré de ser buena.

—No demasiado buena —no pudo evitar decir mientras entraban al edificio.

La ceremonia fue corta, la pompa estaba reservada para Grecia, así que Zephyr no entendió la sensación de trascendencia que experimentó al firmar el certificado. Sin embargo, le temblaban las manos cuando le pasó el bolígrafo a Piper. Las manos de ella también temblaban al firmar. Fue un momento vital.

Ya eran legalmente marido y mujer.

–¿Es el momento del beso? –preguntó abrazándola.

–Sí, creo que sí.

Sus labios se encontraron y el beso se convirtió en una promesa.

–Mía.

–Sí, mi troglodita particular, soy tuya y tú mío.

–¿Estáis seguros Neo y tú de que nos sois hermanos biológicos? –preguntó Cass entre risas–. Tenéis las mismas tendencias primitivas.

–Somos hermanos en todos los sentidos que cuentan –afirmó Neo.

–Supongo que eso nos hace cuñadas –dijo Piper feliz.

–El próximo domingo –dijo Cass, mirando su anillo de compromiso.

–Lo estoy deseando.

–Yo también.

–Lo que yo deseo ahora es el almuerzo con champán en el ático –dijo Neo–. Mi ama de llaves ha prometido un ágape a la altura de los magnates que somos.

Pero no fue en el ático de Neo donde acabaron. Dora, el ama de llaves, los esperaba en el vestíbulo del edificio de su empresa con la mayoría de sus empleados. Había carteles de felicitación para las dos parejas y camareros con bandejas de comida y copas de champán.

–¡Enhorabuena! –dijeron a coro sus asistentes personales.

–Señorita Parks, ¿ha planeado usted esto? –preguntó Cass impactada.

–Con la ayuda de la secretaria del señor Nikos y el ama de llaves del señor Stamos.

Dora abrazó primero a Neo y después a Zephyr.

–Queríamos hacer algo para que supieran que los empleados estamos encantados con su felicidad personal.

–Gracias –dijo Cass, abrazando y besando al ama de llaves–. Es realmente especial.

–Queremos que estén cómodos, aquí están entre amigos.

Zephyr recibió más felicitaciones en la fiesta sorpresa que en toda su vida.

–Es perfecto –dijo Piper con los ojos llenos de lágrimas.

–Siempre he dicho que contratamos a los mejores –dijo Neo presumido.

–Sin duda –corroboró Zephyr.

Cuando llegó con Zephyr al apartamento unas horas después, un desconocido calor llenaba el cuerpo de él.

–Ha sido todo un detalle por su parte –dijo Piper quitándose los zapatos.

–Neo estaba tan sorprendido como yo.

–¿No sabías nada?

–Nada de nada.

–Cass estaba sorprendida por que estuviera implicada la señorita Parks, pensaba que la odiaba.

–Siempre me he preguntado si Parks es humana, pero odiar a Cass... Imposible, es casi tan dulce como tú.

–Otra vez te has puesto zalamero –se quitó el velo y lo arrojó al sofá–. Me gusta.

–Y a mí la idea de descubrir lo que llevas debajo.

–Sí... –con una provocativa sonrisa se llevó las manos a la espalda.

Zephyr oyó el sonido de una cremallera. Su cuerpo se puso en alerta.

—Eres algo único en mi vida —dijo él.

—Eso es suficiente para mí.

—¿Sí?

—Sí —dijo con fuerza.

—Sí, estamos bien juntos.

Hizo un movimiento con el torso y el vestido se soltó.

—Estamos muy bien juntos —dijo ella mientras el vestido caía al suelo dejando a la vista un corsé azul que realzaba sus preciosos pechos.

—Impresionante.

Sonrió de un modo que le dejó sin aire en los pulmones mientras el vestido seguía cayendo y dejaba a la vista el resto de su escandalosa ropa interior. El corsé sin tirantes acababa justo encima de las caderas dejando completamente a la vista el diminuto triángulo de tela azul del tanga que llevaba. Las medias las sujetaban un ligero a juego.

Giró en redondo para ofrecerle una vista completa de sus nalgas desnudas enmarcadas por las tiras del tanga. Miró por encima del hombro y le lanzó un beso.

—Me estás provocando

—Lo intento —se volvió de nuevo hacia él—. ¿Te gusta?

—Me... —carraspeó—. Te adoro, *gineka mu*. Eres una fantasía hecha realidad.

—¿Has soñado con embarazadas con lencería?

—He soñado con que eras un regalo perfectamente envuelto esperando a que lo abriera.

—Pues disfruta de desenvolverme.

—Estaría loco si no lo hiciera.

—No soy una supermodelo, pero me miras de un modo que haces que me sienta así.

—Ven aquí —dijo él tendiéndole una mano.

—Aún no —sacudió la cabeza y con ella el sedoso cabello rubio.

—¿Por qué no?

—Llevas demasiada ropa.

—¿No quieres desenvolverme tú a mí?

—En otro momento.

—Quieres que me desnude para ti.

—Sabes que sí.

Lo hizo. Si él se moría de ganas de desenvolverla, ella dejó claro que le producía mucho placer verlo desnudarse. No tuvo que hacer nada raro, simplemente quitarse la ropa como siempre para ver cómo se le entrecortaba el aliento.

Así que fue lo que hizo. Primero se quitó la chaqueta y la dejó caer al suelo. Después la corbata y tras ella la camisa. La siguieron los zapatos y calcetines. Los pantalones cayeron por sus piernas con un solo movimiento. Se quedó sólo con los calzoncillos oscuros que apenas contenían su erección. No se los quitó, ya habían jugado antes a ese juego. Le tendió los brazos a ella.

—¿Qué tal así?

—Aún llevas una cosa —dijo ella con una sonrisa.

—Menos que tú.

Se llevó la mano a la barbilla como si estuviera pensando y después se inclinó hacia delante ofreciéndole una tentadora visión de los pechos presionados por el corsé. Se llevó una mano a una de las ligas, lo miró provocativa y dijo:

—¿Querías que hiciera esto?

Se acercó a ella, se dejó caer de rodillas y le apartó las manos.

—Mía.

—Sí, mi troglodita. Desenvuelve tu regalo de boda.

Bajó la liga por la pierna, después la otra y después le sacó las medias enrolladas por los pies.

–Preciosa.

–Gracias.

Subió con las manos acariciándole las piernas.

–Tú piel es más suave que las medias.

–No pucdo hablar –dijo, notando que se le doblaban las rodillas.

Le rodeó la cintura con un brazo para ayudarla a sostenerse. La abrazó con más fuerza y se encendió aún más.

–Vamos a atajar el peligro. Si eyaculo en los calzoncillos será culpa del tentador envoltorio.

–¿Te gusta tanto la lencería?

–Por primera vez estoy tentado de dejarte algo puesto mientras hacemos el amor.

–Lo que tú quieras.

Cada vez estaba más excitado.

–Pero esto tiene que desaparecer –le quitó el tanga.

No esperó a que ella lo exigiera para quitarse lo que le quedaba a él. Piper bromeó sobre el tamaño y él se defendió diciendo que era el adecuado para lo que le esperaba entre sus piernas.

–Te deseo –dijo ella acariciando su sexo–. Deseo esto –lo frotó.

Gimió de placer.

–Tienes que parar si quieres tenerlo dentro antes de que estalle como una bengala.

–Mejor como el Vesubio, te conozco, no será tan suave.

–Quieres matarme de placer.

Se echó a reír, pero enmudeció cuando le devolvió el favor deslizando los dedos entre los húmedos pliegues de su sexo. Probó la humedad de su vagina y después deslizó el dedo medio en su interior hasta presionar su punto G que había pasado largo tiempo buscando en anteriores ocasiones.

–Oh, sí, Zee, justo ahí.

Frotó con el pulgar en su hinchado capullo del placer.

–Y ahí, ¿*ne*?

–Ahora empieza el griego...

–Nunca termina, *gineka mou*.

–¿Que significa eso? A Cass parece gustarle mucho.

–Si puedes pensar en Cass ahora es que estoy haciendo algo mal.

–Dímelo –aceleró los movimientos de su mano.

–Literalmente, «mi mujer», ahora «mi esposa».

–Eres más posesivo de lo que quieres admitir.

–Será la sangre mediterránea...

–Hazme el amor, marido –dijo rodeándole el cuello con los brazos.

Capítulo 10

LA tomó en brazos y la llevó al dormitorio a grandes zancadas. Una vez allí, cambió de opinión sobre usar la cama y se desvió hacia el sillón que había en una esquina.

Se sentó, la puso a horcajadas encima de él y le acarició otra vez los húmedos labios menores.

–Apoya las manos en los brazos del sillón y no te sueltes.

–Pero...

–Has dicho que lo que quisiera.

–Es cierto –sonrió.

Cuando apoyó las manos, la levantó de las caderas de modo que quedó completamente abierta para él, pero incapaz de darse placer a sí misma sin su cooperación. Que le permitiera controlar la situación lo excitaba a niveles increíbles y hacia su erección de acero.

La confianza que tenía en él le asombraba, pero lo único que quería era darle el máximo de placer posible. Empezó con su rostro, recorriéndolo con los dedos.

–Preciosa.

Ella sonrió. La besó y recorrió sus labios con la lengua. Pasó al cuello y se detuvo en un punto particularmente sensible entre los hombros.

–Tocas mi cuerpo mejor que Cass el piano –dijo Piper.

–Estoy obsesionado.

–Te creo –gimió al llegar sus pulgares a los pezones.

–¿Te excitaba llevar esto debajo del vestido?

–Sabes que sí.

–Recuerdo el primer día que fuiste a trabajar sin bragas.

–Te volviste loco esa noche en la habitación del hotel cuando te diste cuenta.

Gimió cuando su lengua llegó al punto en el que los hombros se unían al cuello.

–Estaba preparada para hacer el amor mucho antes de que acabara la fiesta.

–¿Cómo puedo haber tenido tanta suerte de acabar con un mujer tan picante?

–Antes no era así.

–No, este aspecto de ti es sólo mío.

–Eres tan posesivo. ¿Seguro que no tienes dragones entre tus ancestros?

–Nada de criaturas míticas, quizá algún conquistador. Soy griego –siguió con los pezones.

–Eres increíble. Ahora, por favor... deja de tomarme el pelo.

–No te tomo el pelo. Te estoy llevando al mismo frenesí que siento yo dentro de mí.

–Ya he llegado ahí.

–No, pero llegarás pronto.

Arqueó las caderas y utilizó la punta de su sexo para acariciarla entre las piernas. Ella gritó al notar la caricia en el clítoris.

–¡Te quiero dentro!

–Pronto –antes de que pudiera quejarse, la agarró de la cintura y la colocó de modo que la abertura de su cuerpo estuviera donde tenía que estar.

La bajó y se levantó él en el mismo movimiento, lo que le arrancó un grito de puro placer y un rugido de agonía a él. Su contención se quebró y empezó a mecerse con frenesí. Mantuvo el ritmo de las embestidas hasta que juntos llegaron al clímax.

Ella se desmoronó sobre su pecho jadeando. Inmediatamente, le desató el corsé y vio las marcas rojas que había dejado en su piel. Le parecieron excitantes, pero sacudió la cabeza.

—Nada de corsés ya, al menos hasta que haya nacido el bebé.

—Como quieras.

—Gracias. Me das los mejores regalos.

—Lo intento.

Piper se despertó a la mañana siguiente con unas desagradables nauseas. Se sentó en la cama y volvió a tumbarse, pero no se le pasaban. Tampoco ayudaba el brazo de Zephyr sobre ella.

—Quita, Zee.

—¿Eh? —se sentó en la cama y la miró—. ¿Qué te pasa?

—Estoy teniendo los primeros síntomas del embarazo.

—Estás pálida, ¿te encuentras bien? —entonces pareció darse cuenta—. ¿A qué te refieres?

—Náuseas matutinas.

—He leído sobre eso —saltó de la cama—. Hay muchas recomendaciones, pero la más popular es ginger ale y galletas de soda. Tengo en la cocina.

—¿Tienes ginger ale en la cocina?

—Claro, es el Canada Dry. Se supone que eso tiene que ayudar. Hay más cosas, pero podemos probar con eso.

—Bien.

Al minuto, volvió con un vaso.

—Bebe a sorbos pequeños y cómete unas galletas despacio antes de volver a sentarte.

Hizo lo que le decía.

—Funciona.

—Bien. Ahora que vas a dormir conmigo todas las noches, me aseguraré de que cada mañana tengas lo que te haga falta.

—Te has acostumbrado a tenerme todas las noches para acurrucarte.

—Y cuidarte y ver cómo estás.

—Cierto. Ahora si quieres puedes ver cómo me doy una ducha o ducharte conmigo, tú eliges.

Se metió en la ducha con ella, lo que no le sorprendió.

Pasaron el día disfrutando de su estado de recién casados y haciendo el equipaje para Grecia. Todo fue optimismo hasta que pensó que también podría marearse en el avión. Paseó por el salón antes de la cena con una letanía de preocupaciones y diciendo que podían cambiar de planes. Pero eso no iba a suceder.

—Jamás me he mareado en un avión.

—Pero ahora tienes náuseas por el embarazo.

—Que parecen limitarse sólo a las mañanas, de lo que me siento agradecida.

—Pero no podemos estar seguros...

—Y tampoco evitar que suceda preocupándonos.

—No deberíamos haber planeado esa boda en Grecia.

—Me dijiste que siempre habías querido casarte en Grecia.

—Sí, bueno.

—Y sabes que yo también quiero. Estoy bien, Zee. Además la mitad de la familia está ya allí y se muere por verte.

—Pero...

—Te prometo que estaré bien —si era así ya, ¿cómo sería en el paritorio?

—No puedes prometer algo así.

–Sí puedo. Estarás conmigo, sé que estaré bien.

–No comparto tu confianza.

–Lo siento, pero no pienso retrasar la boda e ir hacia el altar con una barriga como una sandía.

–Bueno, pero llevaremos galletas y ginger ale.

–Buena idea. Un Valium tampoco estaría mal.

–No puedes tomar Valium embarazada.

–No estaba pensando en mí.

La mañana siguiente fue una repetición de la anterior, pero cuando asentó el estómago, se vistieron para la boda de Neo y Cass.

La ceremonia fue bonita e íntima, a no ser que se contaran los amigos de Cass que la siguieron por Internet. Después hubo una recepción para pocos invitados en uno de los mejores hoteles de Seattle.

Al día siguiente, los recién casados esperaban tomados de la mano a despegar con destino a Grecia en avión de la empresa. Aunque ella también iba de la mano de Zephyr, sentía un poco de envidia de Cass evidentemente amada por su marido. Zephyr podía no amarla, pero la trataba a ella como Neo a Cass. Quizá algún día esa falta de amor se mostraría de un modo que doliera, pero no iba a ponerse melodramática antes de tiempo.

–Estás embarazada, ¿verdad?

Piper ni siquiera trató de responder inmediatamente a la pregunta de su madre. Era la primera vez que se quedaba sola con sus padres desde que se habían reunido en el hotel que Zephyr les había reservado. Estaban en el salón de la suite de los novios mientras Zephyr atendía una llamada telefónica en el dormitorio. Después, irían a cenar, dado que la noche previa a la boda no podrían porque irían a casa de la madre de Zephyr.

—No es un secreto, Piper. ¿Por qué si no se casaría un millonario avisando con tan poco tiempo?

—¿Porque quiere?

—¿Te quiere, cariño?

—Yo lo quiero mucho.

—Eso es lo que pensaba. ¿Te has quedado embarazada a propósito? Nada bueno sale de maquinaciones así —parecía una matrona victoriana, no una mujer con una hija casada y divorciada.

—No. Deberías saber que jamás haría una cosa así.

—Era una pregunta lógica.

—No, no lo era. ¿Qué es esto, la Inquisición? Pensaba que te alegrabas por mí. Así parecía por teléfono. ¿Por qué tantas preguntas ahora?

—Me preocupo por ti, cariño —la miró como las madres miran a sus hijas.

—No te preocupes —no podía creerlo, se iba a casar en la iglesia al cabo de dos días y sus padres tenían sus dudas—. Zee es bueno conmigo.

—Pero ¿es bueno para ti?

—Claro que lo es. ¿Cómo puedes preguntar eso?

—El dinero no lo es todo —le acarició el hombro.

—¿Crees que me caso por el dinero? ¿Acaso lo conoces?

—Claro que lo conozco, nos lo has presentado.

—Es sarcasmo, mamá. Es que no puedo creer que pienses que el dinero es lo único que puede ofrecerme Zephyr. O que sea lo que a mí me interesa Llevo sola mucho tiempo. He levantado un negocio cuando estaba casi hundida. No he tenido muchos novios después de Art. Sólo Zephyr y es el hombre más asombroso que he conocido.

—Es imponente, desde luego. Lo que no sé es si esa clase de hombres pueden formar una familia.

–Ah, ¿te refieres a lo contrario de un marido cuya carrera supone que su mujer y sus hijos tengan que cambiar de residencia cada dos años por sus cambios de destino?

–No hay razón para recriminaciones –dijo su padre un poco ruborizado–. Servía a mi país y lo sabías.

–Bueno, pues Zephyr me sirve a mí.

–¿Qué demonios se supone que significa eso? –exigió su padre.

–Hace todo lo que puede para que yo sea feliz. Me cuida y me deja que le cuide. Sé que puedo apoyarme en él cuando lo necesito.

–Pero no te ama –adivinó su madre y se le notó en la lástima de su voz.

–¿Por qué dices eso? –dijo en tono poco amistoso.

–Porque no has dicho que te quiera. Ya lo habrías hecho si fuera así –la lástima seguía allí.

–Tengo de él lo que necesito –dijo tajante Piper.

–Necesitas su corazón.

–Eso es asunto mío.

–Eres nuestra hija –intervino su padre–. Tu felicidad es asunto nuestro.

–Zephyr me hace feliz, ¿no lo veis?

–Tu padre y yo pensamos que deberías considerar esperar para casarte. Al menos hasta que pases el primer trimestre, yo tuve dos abortos. ¿Qué harás si te sucede eso? ¿Qué le pasará a tu matrimonio si la razón de él no llega a término?

–No es una situación que me apetezca discutir –ya lo había pensado y decidido que lo afrontaría como cualquier otra pareja, no se casaba con él sólo por el embarazo.

–No te hemos educado para que escondas la cabeza ante las cosas difíciles –dijo su padre.

–No me escondo.

–Simplemente está pensando en positivo –dijo la voz de Zephyr, llenándola de alivio.

–Eso está bien –dijo su padre poniéndose de pie–, pero ¿qué pasa si mi hija pierde el bebé?

–Lo afrontaremos como cualquier otra pareja.

Piper no pudo evitar sonreír al ver cómo se parecían esas palabras a sus pensamientos.

–Algunas de esas parejas sufren un gran dolor que afrontan gracias al amor que se tienen.

–No sé lo que hace otra gente, pero yo no me vengo abajo ante la adversidad, ni su hija tampoco. Usted debería saberlo mejor que nadie. Ha sobrevivido a dejar amigos detrás una y otra vez y a un matrimonio desastroso –apoyó a Piper una mano en el hombro–. No se va a rendir en nuestro matrimonio, no importa lo que tengamos que afrontar juntos –Piper se puso de pie y él la agarró de la cintura. La miró–. Dijiste que nada cambiaría lo que sentías por mí.

–Sí.

–Bueno, nada puede cambiar que quiero que seas la madre de mis hijos y mi mujer. La lejana posibilidad de que pierdas ese niño no cambiará nada.

–Entonces estamos bien –dijo ella con una sonrisa y conteniendo las lágrimas.

–Si eso no es bastante para ustedes –se dirigió a sus padres–, lo siento, pero no renunciaré a su hija. Ni ahora, ni nunca.

Era la afirmación a más largo plazo que le había oído Piper jamás.

–Sólo estamos sugiriendo que aplacéis un poco la boda –dijo la madre en tono razonable–. Puedes ser el padre de su hijo sin estar casado con ella.

–Puedo ser mejor padre y compañero de su hija si estamos casados.

–No entiendo nada –dijo Piper–. No me dijisteis nada de esto por teléfono.

–Estas cosas no se dicen por teléfono –dijo su madre.

–Y tampoco habríais conseguido un viaje gratis a Grecia –dijo ella sarcástica.

–¡Piper! –la amonestó su madre.

Su padre frunció el ceño.

–No quería decir eso –dijo Zephyr.

–Claro que no, lo siento, pero es un momento muy especial en mi vida y lo estáis echando a perder.

–No es nuestra intención, sólo queremos lo mejor para ti –dijo su madre sincera.

–Una cosa –intervino Zephyr–. ¿Le sugirieron que esperara para casarse con Art?

–No –dijo su madre.

–Pensamos que era perfecto para ella –admitió su padre.

–¿Por eso están tan decididos a hacerle reconsiderar su decisión ahora? ¿No la protegieron del dolor una vez y no quieren que se repita?

–¿Es cierto eso? –Piper no había considerado esa posibilidad.

–No queremos que te vuelvan a romper el corazón –dijo su madre llena de lágrimas.

–Todo el mundo afronta el dolor en la vida, pero eso no puede hacer que dejemos de tomar decisiones. Confío en que Zee sea el marido que necesito. Si me equivoco, lo afrontaré. De vosotros ahora lo que necesito es apoyo, ¿me lo podéis dar?

–Por supuesto –dijo su padre.

Sus padres la abrazaron y se disculparon por herir sus sentimientos y dudar de Zephyr. Sorprendentemente la cena fue agradable y relajada. Por suerte la reacción de sus hermanos no fue tan complicada.

La cena con la madre de Zephyr y su familia fue muy emotiva. Leda estaba extasiada con que su hijo quisiera relacionarse con ella. También adivinó que estaba embarazada, pero le pareció algo para alegrarse. Estaba encantada con tener otro nieto.

Los hermanos estuvieron incluso más felices que la madre y la hermana se ofreció para ayudar a la madre primeriza.

–Ha ido bien –dijo Piper en el sofá del salón de la suite después de volver de Kifissia.

–Sí –la sentó en su regazo.

–Eres tan cariñoso...

–Me gusta abrazarte.

–Eso está bien, porque me gusta mucho que me abracen.

–Somos perfectamente complementarios –dijo muy satisfecho.

–Lo somos –aunque sólo hubiera amor en una dirección, lo que importaban eran los hechos.

–Tus padres se equivocan –dijo con absoluta certeza–. Esta boda no es mala para ninguno.

–Lo sé; además ya estamos casados.

–¿Habrías hecho caso de sus consejos si no lo hubiéramos estado?

–¿Me lo preguntas en serio?

–Sí.

–Soy perfectamente consciente del riesgo que hay en el primer trimestre.

–¿Y?

–Y, le di vueltas, pero decidí que no quería esperar a casarme. Habría sentido demasiado que nos casábamos sólo porque estaba embarazada y así creo que sólo es la primera razón por la que has considerado casarte. No digo que me ames, pero sí que me necesitas –agarró su rostro con las dos manos–. Y quiero estar casada contigo.

–Estás diciendo que habrías querido casarte conmigo aunque no hubiera habido bebé. Que el bebé ha sido el catalizador para que yo superara mis reticencias.

–Exacto. ¿Qué te parece?

–Estoy sorprendido. Aunque hayas dicho que me amas, pensaba que te casabas por el embarazo.

–No. Te amo y eso va de la mano con querer pasar el resto de mi vida contigo.

–¿Sí?

–Sí –apoyó las manos en su pecho y notó el latido de su corazón.

–¿Qué significa cuando un hombre quiere casarse con una mujer más que nada en su vida?

–¿Qué estás diciendo, Zephyr?

–Si tus padres te hubieran convencido de no casarte, te habría rogado que lo reconsiderases.

–Jamás te habría apartado de mí.

–Mejor, porque no se me da bien rogar.

–Nunca tendrás que rogarme que no te deje, Zephyr. Nunca. Lo prometo. Renunciaría a todo antes que a ti.

–Lo dices de verdad.

–Sí.

–Yo también renunciaría a todo antes que a ti. Te amo, Piper.

–No sabes lo que dices –pero sí lo sabía.

Lo podía ver en cada línea de su rostro, en sus ojos y oírlo en cada palabra que decía.

–¿Te he mentido alguna vez?

–No, pero decías que...

–Te habría rogado que no me dejaras.

–Estoy embarazada de tu hijo.

–Y es maravilloso, pero tú lo eres más. Creo que mis sentimientos han estado petrificados, pero tú los has traído a la vida. Tu belleza interior y exterior, tu amor, son la broca de diamante necesaria para romper la piedra.

–Te estás poniendo poético –las lágrimas le corrían por las mejillas.

–Neo dice que pasa cuando te enamoras.

–No me lo puedo imaginar en él.

–No hace falta, soy el único magnate griego que necesitas.

–Eres el único hombre, griego o de otra clase, al que amo.

–Y tú eres la única mujer a la que amo, que he amado y que amaré –la besó para confirmar sus palabras–. Siento que me haya llevado tanto tiempo darme cuenta de que lo que sentía era amor. No sé cuánto más me habría hecho falta si no hubiera sido por tus padres.

–¿No me digas que esa conversación ha tenido un lado positivo?

–Parece que sí.

–Entonces supongo que puedo perdonárselo –se echó a reír–. No puedo esperar para decirles que me amas.

–Quiero hacerlo yo.

–Bien, pero dímelo a mí otra vez.

Y así lo hizo, una y otra vez hasta que su corazón se llenó con su voz.

Zephyr estaba en la iglesia con Neo.

–¿Nervioso? –preguntó Neo.

–Nada. Mi amor llegará al altar justo a la hora.

–¿Has dicho tu amor?

–Sí.

–Sabía que al final entrarías en razón.

Se echaron a reír hasta que la música del órgano anunció la llegada de la novia.

Llevaba el cabello rubio recogido en un complicado peinado. No llevaba velo esa vez, sólo una radiante diadema y una sonrisa gloriosa. El vestido sin mangas hacía frufrú mientras caminaba hacia el altar sola.

–Parece una princesa –dijo Neo reflejando los pensamientos de Zephyr.

–Es la reina de mi corazón.

–Y tú el rey del suyo.

–El Supermán, piensa que soy un superhéroe.

Neo se echó a reír. Piper llegó a su altura y le tendió le mano. Ella la aceptó y se volvieron hacia el sacerdote para que bendijera su vínculo.

Epílogo

PIPER estaba sentada en un diván en el balcón de la habitación principal de la villa de la isla con su hijo de una semana en brazos. Dormía ajeno a la discusión de su padre y su tío sobre a qué universidad griega o de Estados Unidos iría.

–¿No se quedarían de piedra si saliera artista y quisiera estudiar en la Sorbona? –preguntó Cass.

–Quizá, pero Zephyr estará orgulloso de su hijo elija lo que elija.

–Y Neo, ¿crees que será igual si el suyo decide ser pianista? –preguntó Cass.

–¿Estás embarazada?

–Sí –dijo Cass radiante.

–¡No me lo habías dicho! –dijo Zephyr dando una palmada en el hombro a Neo.

–Con un poco de suerte tendremos una hija y se enamorará de tu hijo como estas mujeres de nosotros.

–No podría imaginar un mejor futuro para mi hijo –dijo Zephyr, mirando a Piper con una expresión llena de amor.

Bianca

¡Tres semanas acostándose con el jefe!

Lucy Proctor observa a las mujeres que entran y salen de la vida de Aristóteles Levakis. No tiene deseos de imitarlas, a pesar de lo arrebatadoramente guapo que es. Está contenta siendo su secretaria, ¡o al menos es lo que se dice a sí misma una y otra vez!

Ari no debería encontrar atractiva a su regordeta y mojigata secretaria, pero algo en ella le llama la atención. Sabe que sólo existe una manera de superar su deseo: saciarlo.

¡Tres semanas en Atenas debería ser tiempo suficiente para conocer mejor a su prudente secretaria!

Tres semanas en Atenas

Abby Green

Acepte 2 de nuestras mejores novelas de amor GRATIS

¡Y reciba un regalo sorpresa!

Oferta especial de tiempo limitado

Rellene el cupón y envíelo a
Harlequin Reader Service®
3010 Walden Ave.
P.O. Box 1867
Buffalo, N.Y. 14240-1867

¡Sí! Por favor, envíenme 2 novelas de amor de Harlequin (1 Bianca® y 1 Deseo®) gratis, más el regalo sorpresa. Luego remítanme 4 novelas nuevas todos los meses, las cuales recibiré mucho antes de que aparezcan en librerías, y factúrenme al bajo precio de $3,24 cada una, más $0,25 por envío e impuesto de ventas, si corresponde*. Este es el precio total, y es un ahorro de casi el 20% sobre el precio de portada. !Una oferta excelente! Entiendo que el hecho de aceptar estos libros y el regalo no me obliga en forma alguna a la compra de libros adicionales. Y también que puedo devolver cualquier envío y cancelar en cualquier momento. Aún si decido no comprar ningún otro libro de Harlequin, los 2 libros gratis y el regalo sorpresa son míos para siempre.

416 LBN DU7N

Nombre y apellido	(Por favor, letra de molde)

Dirección	Apartamento No.

Ciudad	Estado	Zona postal

Esta oferta se limita a un pedido por hogar y no está disponible para los subscriptores actuales de Deseo® y Bianca®.
*Los términos y precios quedan sujetos a cambios sin aviso previo.
Impuestos de ventas aplican en N.Y.

SPN-03   ©2003 Harlequin Enterprises Limited

Deseo™

No sólo negocios

SARA ORWIG

Noah Brand la había comprado, en cuerpo y alma. La subasta benéfica le había dado la oportunidad perfecta para hacer que Faith Cabrera cayera rendida a sus pies. Durante un día… y una noche, la tendría a su merced, y estaba seguro de que eso sería un auténtico placer para los dos.

Pero Faith sabía que una noche de pasión no llevaba a una vida de felicidad, y no estaba dispuesta a dejar que el implacable magnate se apoderara de la empresa de su familia.

La apuesta más alta

Bianca™

¡Ella nunca pensó que acabaría con un aristócrata!

Jugador de polo, aristócrata y propietario de una empresa de fama mundial, Pascual Domínguez era una leyenda en su país.

Briana Douglas no era más que una niñera cuando conoció a Pascual, y no pudo creer en su buena fortuna cuando se interesó por ella. Pero no duró mucho tiempo...

De regreso en Inglaterra, tuvo que hacer malabares para ocuparse de su exigente trabajo y de un hijo pequeño. Había creído que nunca volvería a ver a Pascual. Pero él reapareció de repente, exigiéndole que regresara a Buenos Aires, ¡donde la esperaba una alianza de oro de dieciocho quilates!

Mundos aparte

Maggie Cox